JN075885

仇討双剣

介錯人・父子斬日譚③

鳥羽 亮

祥伝社文庫

目次

第一章　暗殺

1

狩谷唐十郎《かりやとうじゅうろう》は、庭に立てた青竹を前にし、

「入身右旋《いりみうせん》、いきます」

と、声を上げた。

そこは、神田松永町《かんだまつながちょう》にある狩谷道場の裏手にある庭だった。狩谷道場は、小宮山《こみやま》流居合を指南している。

庭といっても、母屋《おもや》の前にある空き地といっていい。狭い庭の隅に紅葉《もみじ》と梅が植えてあるだけで、雑草に覆《おお》われていた。

唐十郎は青竹を前にして、居合腰《いあいごし》に沈め、刀の柄《つか》に右手を添えた。そして、素早い動きで青竹の脇にまわり込み、右手に反転しざま抜刀《ばっとう》した。

シャッ、という刀身の鞘走《さやばし》る音と同時に、閃光《せんこう》が袈裟《けさ》にはしった。次の瞬間、立てた青竹の上の部分の一尺ほどが、袈裟に斬り落とされた。唐十郎は、対峙《たいじ》している敵の首のあたりと見立てて斬ったのである。

「唐十郎、見事だ！」

狩谷桑兵衛《そうべえ》が、声をかけた。

桑兵衛は狩谷道場の主であり、唐十郎の父親でもあった。歳は三十代半《なか》ばで、小宮山流居合の達人である。

「若師匠、見事です！」

桑兵衛の脇に立っていた本間弥次郎《ほんまやじろう》が、感嘆《かんたん》の声を上げた。弥次郎は道場の師範代だった。二十代半ばで、かなりの遣《つか》い手《て》である。

「次は、入身左旋《いりみさせん》だ」

桑兵衛が、声高《こわだか》に言った。

小宮山流居合の技は、三段階に編まれていた。初伝八勢《しょでんはっせい》、中伝十勢《ちゅうでんじっせい》、奥伝三勢《おくでんさんせい》である。

入身右旋と入身左旋は中伝十勢のなかの技で、いずれも実戦の場での敵の動きや太《た》刀捌《ちさば》きを想定したものである。

ちなみに、初伝八勢は、立居、正座、立膝《たてひざ》から刀を抜き付けるもので、基本の技といっていい。また、中伝十勢はより実戦に近い技で、入身右旋と入身左旋の他に、入《いり》身迅雷《みじんらい》、逆風《ぎやくふう》、水車《すいしや》、稲妻《いなずま》、虎足《こそく》、岩波《いわなみ》、袖返《そでがえし》、横雲《よこぐも》がある。

中伝十勢を身につけると、奥伝三勢を修行することになる。奥伝三勢は、山彦《やまびこ》、浪《なみ》返《がえし》、霞剣《かすみけん》からなる。

そして、奥伝三勢まで会得《えとく》すると、小宮山流居合の印可状が与えられた。

ただ、小宮山流居合には、「鬼哭《きこく》の剣」と呼ばれる必殺剣があった。これは、一子《いっし》相伝《そうでん》の技で、小宮山流居合の継承者である桑兵衛しか身につけていなかった。

この必殺剣は、遠間から抜き付けの一刀を敵の首筋にあびせ、血管《ちくだ》を斬る技である。敵の太刀筋を読み、跳躍《ちょうやく》しながら抜刀する。片手斬りで、腕だけでなく上半身も伸びるため、二尺三、四寸の刀が四尺の長刀にも等しい威力を生むのだ。

唐十郎は青竹の前に立つと、

「参る！」

と、声を上げ、居合腰に沈めて刀の柄に右手を添えた。そして、素早い動きで青竹の脇にまわり込み、左手に反転しざま抜刀した。

刀身の鞘走る音と同時に、唐十郎の腰から閃光が袈裟にはしった。次の瞬間、先程斬った青竹の残った部分の上から一尺ほどが、袈裟に斬り落とされた。

竹を斬った後、唐十郎は素早い動きで刀身を鞘に納めた。抜刀だけでなく、納刀《のうとう》の速さも居合の腕のうちである。

「いい動きだ」

桑兵衛はそう言った後、

「次は、本間だな」

と、弥次郎に声をかけた。

そのとき、道場の脇から走り寄る足音が聞こえた。弐平《にへい》である。弐平は、岡っ引きだった。貉《むじな》の弐平と呼ばれている。小柄で、顔が妙に大きかった。その顔が、貉に似ていたのだ。

「弐平、何かあったのか」

唐十郎が訊《き》いた。

桑兵衛と弥次郎も、立ったまま弐平に目をやっている。

弐平はどういう風の吹きまわしか、若いころ剣術の遣い手になりたいと思ったらしい。そして、門人になろうとして江戸市中にある剣術道場をまわった。ところが、町人のため、相手にされなかったようだ。

やむなく、弐平は、小宮山流居合の道場に立ち寄って入門を乞《こ》うた。道場主の桑兵衛は、武士も町人もあまり区別しなかったので、弐平の入門を許した。

ところが、弐平は居合の稽古《けいこ》にすぐに飽きて、やらなくなった。それでも、弐平は狩谷道場に出入りしていた。

桑兵衛が岡っ引きの弐平に、仕事を頼むことがあったからだ。それに、弐平も、桑兵衛や唐十郎の居合の腕を頼りにしていた。下手人が、無頼牢人《ぶらいろうにん》や刃物を持ったならず者などのときは、桑兵衛たちに助太刀《すけだち》を頼むのだ。

「ここに、いたんですかい」

弐平が、荒い息を吐きながら言った。おそらく、弐平は道場に誰もいないのを見て、急いで裏手の庭にまわってきたのだろう。

「弐平、何か用か」

桑兵衛が訊いた。

「柳原《やなぎわら》通りで、人が斬られやした！」

弐平が、昂《たかぶ》った声で言った。

柳原通りは神田川《かんだがわ》沿いにあり、浅草御門《あさくさごもん》の辺りから昌平橋《しょうへいばし》のたもと近くまでつづいている。

「そうか」

桑兵衛は、苦笑いを浮かべた。その場にいた桑兵衛たち三人は町方ではないので、市井《しせい》で起こる事件に、かかわりはない。それに、珍しい事件ではなかった。柳原通りは夜になると、辻斬りが出ることでも知られた場所である。

その柳原通りで人が斬られたからといって、桑兵衛たちが稽古をやめて出かける筋合いはないのだ。

「だ、旦那《だんな》、殺されたのは、二本差しのようですぜ」

弐平が声をつまらせて言った。

「武士が斬られたのか」

「そのようで……。可哀想《かわいそう》に、斬られた二本差しの娘と男の児《こ》が来て泣いていたそうでさァ」

弐平が、しんみりした声で言った。

「殺された武士の屋敷は、近所にあるのか」

それまで黙って聞いていた唐十郎が、口を挟んだ。唐十郎は、娘と男児が来ていると聞いて、屋敷が近くにあると思ったようだ。それに、狩谷道場は神田松永町にあったので、武士が殺された柳原通りは近かった。

「行ってみるか」

桑兵衛が言った。武士が殺されたと知って、興味をもったようだ。

「行きやしょう」

弐平が先にたった。

唐十郎、桑兵衛、弥次郎の三人は、弐平につづいて道場の前の道に出た。その道から御徒町《おかちまち》通りに出れば、柳原通りはすぐである。

2

唐十郎たち四人は道場を後にすると、道場の前の道をたどって御徒町通りに出た。その通りを南に向かえば、神田川にかかる和泉橋《いずみばし》のたもとに出られる。いっとき歩くと、唐十郎たちは和泉橋のたもとに出た。渡った先が、柳原通りである。通りは人通りが多かった。様々な身分の者が行き交っている。

和泉橋を渡るとすぐ弐平が、

「あそこだ！」

と、声を上げて指差した。

見ると、和泉橋のたもとから半町ほど離れた通りの端に人だかりができていた。そこは、土手際《どてぎわ》に植えられた柳の樹陰《こかげ》になっている。

集まっている者たちは、柳原通りを通りかかった野次馬《やじうま》が多いようだったが、武士や岡っ引きらしい男の姿もあった。

「行ってみよう」

唐十郎たちは、人だかりに近付いた。

集まっている人たちのなかほどに、何人もの武士の姿があった。そのなかに、武家の娘とまだ元服《げんぷく》を終えていない十歳ほどの男児の姿があった。娘は十三、四歳であろうか。島田髷《しまだまげ》だった。ふたりは肩を寄せ合って泣いていた。そのふたりの足元近くに、武士体《ぶしてい》の男が伏臥《ふくが》していた。殺された男らしい。

「姉弟《きようだい》のようだ」

唐十郎が、つぶやいた。

「殺された武士の子供ですぜ」

弐平が、しんみりした声で言った。

唐十郎のそばに立っている桑兵衛と弥次郎も、哀《あわ》れむような顔をして姉弟に目をやっている。

その姉と弟と思われるふたりは、地面に俯《うつぶ》せに倒れている武士に目をやりながら、

「父上！」「だれが、父上をこのような姿に……」と涙声で言った。やはり、ふたりは殺された武士の子供のようだ。

倒れている武士のまわりには、武家に奉公している若党や中間《ちゆうげん》らしい男の姿もあ

った。いずれも悲痛な面持《おもも》ちで、武士の死体に目をやっている。

死体のそばの地面には、血が飛び散って赭黒《あかぐろ》く染まっていた。はっきり見えなかったが、武士は首の辺りを斬られたようだ。

「殺された男は、旗本らしいな」

桑兵衛が、小声で言った。

「この辺りに屋敷のある旗本かもしれねえ」

弐平が、桑兵衛と唐十郎に身を寄せて言った。

「そうだな」

唐十郎も、殺された武士は、この辺りに屋敷のある旗本だろう、と思った。

和泉橋を渡った先は、町人地を過ぎると御徒町や下谷《したや》の武家地がひろがり、旗本や御家人の屋敷がつづいていた。殺された武士の屋敷は、御徒町か下谷にあるのかもしれない。唐十郎たちは、その場に集まっている野次馬たちの話に耳をかたむけたが、殺された男が何者かは分からなかった。

「旦那、殺された武士に奉公しているお侍《さむらい》のそばに行きやしょう」

弐平が、小声で言った。侍たちの会話から、殺された武士が何者か知れると思ったのだろう。

その場にいた唐十郎、桑兵衛、弥次郎の三人は人垣を分け、殺された武士のそばにいる若党らしい武士に近寄った。

唐十郎は殺された武士の近くまで行き、あらためて死体の傷口に目をやった。

……遣い手だ！

唐十郎は、胸の内で声を上げた。

殺された武士は、首を横に斬られていた。他に斬られた痕《あと》はなかったので、下手人は首への一太刀で仕留《しと》めたとみていい。

「武士を斬った男は、腕がたつようだ」

桑兵衛が唐十郎に身を寄せ、声をひそめて言った。桑兵衛も近くで刀傷を見て、唐十郎と同じ考えに至ったようだ。

唐十郎たちは、横たわっている武士のまわりにいた若党や中間に身を寄せて、聞き耳を立てた。

男たちの会話が、唐十郎の耳に入ってきた。そのやり取りから、殺された武士の名は、平松八右衛門《ひらまつはちえもん》と知れた。身分は幕府の御腰物奉行らしい。

「旦那、腰物奉行ってえのは、どんな役柄です」

弐平が桑兵衛に身を寄せ、声をひそめて訊いた。

「将軍の刀を取り扱う役だ」

桑兵衛によると、腰物奉行の役高は五百石くらいだという。主に将軍から大名や幕臣に賜《たま》わす刀と、大名家から献上される刀を取り扱っている役柄だそうだ。

配下には、腰物方の者が十五名ほどいて、将軍の佩刀《はいとう》の保管や手入れ、それに献上された刀や下賜《かし》の刀の取り扱いをしているという。

「旦那、詳しいですね」

弐平が感心したように言った。

「おれも、刀を遣って生きている身だからな」

桑兵衛がつぶやいた。

それからいっときすると、集まっていた野次馬たちが急にざわめき、人垣が割れた。見ると、一丁の駕籠《かご》が近付いてきた。中間らしい男が、担《かつ》いでいる。

「そこを、あけてくれ」

駕籠の前に立った若党が、野次馬たちに声をかけた。

野次馬たちは、慌《あわ》ててその場から身を退《ひ》いて駕籠を通した。

駕籠を地面に横たわっている武士のそばに置くと、その場にいた若党や中間たちが、武士の死体を駕籠に乗せた。

死体のそばにいた姉と弟と思われるふたりは、嗚咽《おえつ》を堪《こら》えながら駕籠の脇について歩きだした。ふたりの若党が駕籠の前に立ち、野次馬たちに声をかけて駕籠を通した。

死体を乗せた駕籠は、和泉橋の方にむかっていく。これから、御徒町か下谷の武家地にある屋敷に、死体を運ぶのだろう。

唐十郎たちは、路傍《ろぼう》に立って遠ざかっていく駕籠に目をやっていた。駕籠が見えなくなると、

「道場にもどろう」

と、桑兵衛が唐十郎たちに声をかけた。

3

唐十郎、弥次郎、桑兵衛の三人は、道場内で居合の稽古をしていた。柳原通りの和泉橋の近くで、平松八右衛門の斬殺死体を目にして一月《ひとつき》ほど経《た》っている。

今日は朝から小雨《こさめ》だったので、外でなく道場内で稽古をしていたのだ。

唐十郎と弥次郎は、それぞれ距離を取って、小宮山流居合の中伝十勢の技を稽古し

ていた。

桑兵衛も唐十郎たちの稽古を見ずに、自分で居合の稽古をしていた。桑兵衛は、奥伝三勢の技を試しているようだ。

居合の稽古は、ひとりでもできた。それに、稽古を怠《おこた》ると、すぐに動きが鈍《にぶ》くなるのだ。居合は呼吸と一瞬の動きが大事なので、桑兵衛のような遣い手でも、日頃の稽古は疎《おろそ》かにできない。

桑兵衛たちが稽古を始めて、半刻《はんとき》（一時間）ほど経ったろうか。道場の戸口に近付いてくる足音がし、

「お頼みします。……お頼みします」

と、女の声がした。

「だれか、来たようだぞ」

桑兵衛が、手にしている刀を鞘に納めて言った。

「若い女の声のようです」

唐十郎が、道場の戸口の方に顔をむけた。

「お頼みします。どなたか、おられますか」

女の声には、切羽《せっぱ》詰まったような響きがあった。

「見てきます」

唐十郎は、手にした刀を鞘に納めてから戸口に足をむけた。桑兵衛と弥次郎は、道場に残っている。

唐十郎は、道場の戸口に出る板戸をあけた。板戸の先が狭い板間になっていて、その先の土間に、若い娘と元服前らしい前髪姿の武家の男児の姿があった。ふたりの顔が、何となく似ていた。姉弟らしい。

唐十郎はふたりをどこかで見たような気がしたが、どこで見たか思い出せなかった。

「姉弟かな」

唐十郎が、念を押すように訊いた。

「そうです」

姉はそう言って、脇にいる弟に目をやった。弟は唐十郎を見つめて、ちいさく頷《うなず》いた。

「道場に用があって、見えたのかな」

唐十郎が、穏《おだ》やかな声で訊いた。

「こちらは、狩谷道場でしょうか」

姉が緊張した面持ちで訊いた。弟は、黙ったまま唐十郎を見つめている。

「狩谷道場だが、何か御用かな」

唐十郎は、いつになく優しい物言いをした。

「お願いがあって、参りました」

姉が言った。

「願いとは」

唐十郎は、笑みを浮かべて訊いた。姉弟の気持ちを、和《なご》ませようとしたのだ。

「わたしと弟に、居合を指南してください」

姉が言った。弟は、唐十郎を見つめている。

「居合を身につけたいのか」

唐十郎は、驚いて訊いた。これまで、子供のような若侍が入門したいと言ってきたことはあるが、女が入門のために道場を訪ねてきたのは初めてである。

「はい、父の敵《かたき》を討《う》ちたいのです」

姉が言うと、弟がうなずいた。

そのとき、唐十郎は、柳原通りで目にした姉弟らしいふたりのことを思い出した。

……ふたりは、殺された武士の子供らしい。

と、唐十郎は気付いた。

唐十郎は、娘とまだ幼さの残っている男児に居合の稽古は無理だと思ったが、姉弟が真剣なだけに、どう返事していいか戸惑《とまど》った。

「しばし、待て」

唐十郎はそう言い残し、急いで桑兵衛と弥次郎のいる道場にもどった。そして、戸口で待っている姉弟のことを話した。

ふたりとも、驚いたような顔をして唐十郎の話を聞いていたが、

「ふたりを追い返すわけにはいかないな」

桑兵衛が言った。

「居合を指南するのですか」

唐十郎が訊いた。

「居合を指南するというより、ふたりが父の敵を討てるよう、手助けしてやろう。まだ子供ともいえるふたりが、父の敵を討とうとして、剣術の稽古をしようとしているのだ。無下《むげ》に追い返すことはできまい」

桑兵衛が言うと、唐十郎と弥次郎は無言でうなずいた。

「居合の稽古ではなく、敵討ちの稽古をするのだ」

桑兵衛は、「姉弟を、ここに連れてきてくれ」と、唐十郎に言った。

すぐに唐十郎は戸口に行き、姉と弟を連れて道場にもどってきた。

桑兵衛は道場のなかほどに座り、

「ふたりとも、ここに腰を下ろしてくれ」

と、姉弟に声をかけた。桑兵衛の脇に、唐十郎と弥次郎も座した。

姉弟は戸惑うような顔をしたが、桑兵衛とすこし離れた場所に端座《たんざ》した。ふたりは緊張した面持ちで、桑兵衛、唐十郎、弥次郎の三人に目をむけている。

「ふたりは、父の敵を討ちたいそうだな」

桑兵衛が穏やかな声で訊いた。

「はい」

姉が言った。

「わしは、狩谷桑兵衛と申す」

桑兵衛はそう言うと、傍《かたわ》らに座している唐十郎と弥次郎に目をやった。

ふたりはそれぞれ、

「狩谷唐十郎です」

「それがしは、門人の本間弥次郎でござる」

と名乗った。

するると、身を硬くして端座していた姉が、

「平松八右衛門の娘のゆいでございます」

と、名乗った。

「弟の小太郎《こたろう》です」

つづいて、弟が名乗った。

「それで、おふたりは、この道場で居合の稽古をして、父の敵を討ちたいのだな」

桑兵衛が、ゆいと小太郎に目をやって訊いた。

「はい、左様です」

ゆいが言うと、

「剣術に強くなって、父の敵を討ちます！」

小太郎が、身を乗り出して声を上げた。

桑兵衛はいっとき間をとった後、

「居合はな、刀を速く抜く技だ。うまくなったからといって、父の敵を討つのは難しいぞ」

と、姉弟を見据《みす》えて言った。

桑兵衛はそう言ったが、居合で敵を斬ることは、他の剣術と変わりなかった。ただ、刀を手にした武士を斬れるほど上達するには、厳しい稽古はむろんのこと、長い歳月が必要だった。

「……！」

姉弟は、困惑《こんわく》したような顔をした。黙ったまま、膝先に視線をむけている。桑兵衛は姉弟の父の敵を討ちたいという思いに胸を打たれ、

「だが、手はある」

と、声をあらためて言った。

姉弟は、身を乗り出して桑兵衛を見た。

「ふたりに、その気があるなら、明日から敵を討つ技を指南してもいい」

桑兵衛が言った。

姉のゆいが、息を呑《の》んで桑兵衛を見つめた後、

「お願いします！」

と言い、両手をついて、顔が床に付くほど頭を下げた。脇にいた小太郎も、姉と一緒になって低頭した。

「では、明日からだ。……ところで、ゆいどのは懐剣《かいけん》を遣うか」

桑兵衛が、声をあらためて訊いた。

「は、はい!」

ゆいが応《こた》えた。

「小太郎どのは、男だ。脇差《わきざし》を遣え」

桑兵衛は、まだ非力な小太郎が刀を遣うのは無理だと思ったのだ。

「はい!」

小太郎が、声を上げた。

4

翌日、五ツ半(午前九時)ごろ。ゆいと小太郎が、ふたりの若侍を連れて道場に姿を見せた。

道場内で稽古していた桑兵衛、唐十郎、弥次郎の三人は、ゆいたち四人と道場のなかほどで対座した。

「それがし、平松家に仕《つか》える若党の松村彦四郎《まつむらひこしろう》にございます」

すぐに、大柄な若侍が名乗った。

「それがしも、若党の小島恭之助《こじまきようのすけ》です」

もうひとりの武士が、名乗った。

つづいて、桑兵衛、唐十郎、弥次郎の三人が名乗った後、

「松村どのと小島どのは、ゆいと小太郎の供をして来たのか」

と、桑兵衛が訊いた。

「それもございますが、それがしたちも、小宮山流居合を指南していただきたいと思い、ゆいさまたちと一緒に参ったのです」

松村がそう言って、改めて桑兵衛に頭を下げた。

小島も、松村と一緒に低頭した。

「ふたりは、居合の稽古をしたことがあるのか」

桑兵衛が、ふたりに目をやって訊いた。

「ございません。……ただ、一刀流の稽古をしたことはあります」

松村が言うと、

「それがしも、松村どのと同じ道場で一刀流の稽古をしました」

小島が言い添えた。

「そうか。……ならば、われらと一緒に稽古をするといい」

桑兵衛はそう言った。あっさり入門を認めるのは珍しいことだが、ゆいと小太郎が敵を討つためには、松村と小島の手を借りることになるだろう、と思ったのだ。

「ところで、そこもとたちふたりに訊きたいのだがな。平松八右衛門どのを斬った相手は、分かっているのか」

桑兵衛が、松村と小島に目をやって訊いた。

唐十郎と弥次郎も、平松を斬った相手が何者なのか知りたいらしく、身を乗り出すようにして松村と小島に目をやった。

「分かりません。ただ、辻斬りや物盗りの仕業《しわざ》ではないはずです。……一月《ひとつき》ほど前、平松さまは、お城からの帰りに、胡乱《うろん》な武士に跡をつけられたことがある、と仰《おお》せられていましたので、その者たちに襲われたのかもしれません」

松村が言った。

「平松どのは、前から命を狙われていたと」

桑兵衛も、平松を斬ったのは、辻斬りや盗賊ではないと確信した。

「敵を討つためには、平松どのを襲った者が誰か、その消息を摑《つか》まねばなりません」

桑兵衛と松村たちのやり取りを聞いていた唐十郎が、身を乗り出して言った。

すると、その場にいた者たちが、一斉《いっせい》にうなずいた。

次に口をひらく者がなく、道場内が沈黙につつまれたとき、

「いずれ、敵が何者か見えてこよう」

と、桑兵衛はつぶやいた後、

「稽古を始めるか」

そう言って、道場内にいた六人に目をやった。

桑兵衛は、ゆいと小太郎の稽古の面倒をみることになった。唐十郎と弥次郎が、松村と小島の相手になる。


桑兵衛は、ゆいと小太郎に身支度《みじたく》をさせた。

ゆいと小太郎は襷《たすき》をかけて、両袖を絞った。そして、小太郎は袴《はかま》の股立《ももだち》をとり、ゆいは着物の裾《すそ》を帯に挟んだ。動きやすくするためである。

「小太郎は、しばらく木刀を遣って稽古をする。ゆいも、小太刀の長さの木刀を遣うといい」

そう言って、桑兵衛はふたりに、道場の板壁のところにある木刀掛けから木刀を持ってくるよう指示した。

ゆいと小太郎は、すぐに木刀と短い木刀を持ってきた。

「小太郎、ゆい、まず木刀を構えてみろ」

桑兵衛がふたりに言った。

すぐに、ふたりは手にした木刀を構えた。

小太郎は、青眼《せいがん》である。剣術の稽古をしたことがあるらしく、しっかりと木刀の柄の部分を握り、前後にとった両足の幅もよかった。ただ、腰が据わらず、構えた木刀の先も高過ぎた。

一方、ゆいは木刀を構えたことなどないとみえ、柄を握った右手を腹の辺りにとっていた。

「ゆい、胸の辺りに構えろ。……両足を揃《そろ》えず、すこしだけ右足を前に出せ」

桑兵衛が指示すると、すぐにゆいは、言われたとおりに動いた。

まだ、ゆいの上体はすこし前屈《まえかが》みだったが、

「いい構えだ。すこし胸を張ると、もっとよくなる」

桑兵衛は、そう声をかけた。

ゆいは胸を張り、背筋を伸ばした。すると、木刀を構えた体勢がよくなった。

「それでいい」

桑兵衛は、ゆいにつづいて小太郎に目をやった。

小太郎は木刀を青眼に構えていたが、剣尖《けんせん》が高く、すこし前屈みだった。

「顎《あご》を引いて、背筋を伸ばせ」

桑兵衛が言うと、小太郎は言われたとおりに動いた。

「いいぞ。……木刀の先を低くすると、もっとよくなる」

「はい！」

小太郎は、木刀の先をすこし下げた。

「よし、その構えだ。忘れるな」

桑兵衛はそう言った後、ゆいと小太郎に、それぞれ木刀を構えたまま前後左右に動く足捌《あしさば》きを指南した。

5

一方、若党の松村と小島には、唐十郎と弥次郎がついた。

松村と小島は袴の股立をとり、襷をかけて両袖を絞ると、大刀を腰に差した。木刀ではなく、真剣を遣うのだ。

唐十郎と弥次郎は、松村たちの望みどおり、小宮山流居合を指南することになった。

「まず、初伝八勢からだ」

弥次郎が、松村と小島の前に立って言った。

一方、唐十郎は弥次郎の脇に立っていた。松村と小島に指南するのは、師範代である弥次郎に任せるつもりだった。ただ、ふたりに、居合で刀を抜いて見せてもいいと思っていた。

松村たちは緊張した面持ちで、弥次郎に目をむけている。

「小宮山流居合の基本でもある真っ向両断《まっこうりょうだん》からだ。その技名のように、敵の正面に立って抜き付け、真っ向へ斬りつける」

弥次郎はそう言った後、松村と小島を立たせた。

「おれが、やってみようか」

唐十郎が言った。

「実際にやってもらえば、分かりがいい」

弥次郎が、唐十郎に目をやった。

唐十郎は、すぐに手にした刀を腰に帯びると、

「真っ向両断は、立った姿勢から正面にいる敵を斬りつける技だ」

そう言って、道場のなかほどに立ち、脳裏《のうり》に三間ほど離れた場に立っている敵を描き、

「参る!」

と、声をかけ、素早い動きで脳裏の敵に身を寄せた。

シャッ、という刀身の鞘走る音がした次の瞬間、閃光とともに架空《かくう》の敵の正面に斬り下ろされた。

松村と小島は息を呑んで、唐十郎を見つめている。

「これは、立っているときの技だ。……座っているとき、立ち上がりざまに敵の正面から斬りつけることもできる」

唐十郎はそう言った後、

「ともかく、敵が前に立っているとみて、刀を抜き、踏み込んで斬りつけろ。最初は、ゆっくりでいい」

と、ふたりに助言した。

松村と小島は、近くにだれもいないのを確かめてから、左手で刀の鞘の鍔《つば》の近くを、右手で柄を握った。

ふたりは正面にいる敵を脳裏に描き、踏み込みざま抜刀した。そして、右手だけで

真っ向へ斬りつけた。

「ふたりとも、いい動きだ！　いまの斬り込みなら、敵を斬れたぞ」

唐十郎が声をかけた。

ふたりの動きはすこし遅く、ぎこちなかったが、片手だけで抜刀して架空の敵の真っ向へ斬り込むことができた。ふたりとも、相応の剣の遣い手だったからだ。

「もう一度、やってみます！」

松村が言い、小島とともに刀を鞘に納めて身構えた。同じ居合の太刀捌きで、再び正面にいる架空の敵を斬ってみるつもりらしい。


ゆい、小太郎、松村、小島の四人の稽古は一刻（二時間）ほどつづいた。四人の顔に汗がつたい、息が荒くなってきたところで、

「今日の稽古は、これまでだ！」

と、桑兵衛が声を上げた。

桑兵衛は、ゆいたちの荒い息が収まり、顔や首筋の汗が引いたところで、道場のなかほどに腰を下ろし、

「ここに、集まってくれ」

と声をかけた。

唐十郎やゆいたちは、桑兵衛の前に集まって腰を下ろした。

「どうだ、居合の稽古は」

桑兵衛が、松村と小島に目をやって訊いた。

「刀を抜いた後、構えずに斬りつけるのに、戸惑いました」

松村が言うと、

「どうしても、速く斬り込めません」

と、小島が言い添えた。

「慣れてくれば、抜刀も斬り込みも速くなる」

桑兵衛は、笑みを浮かべて言い、

「そこもとたちの真の目的は、居合の稽古ではないはずだ。……何者が、平松どのを襲って斬ったのか。そやつを突き止め、敵を討つことにある」

と、声をあらためた。

「はい！　父の敵を討つためです」

黙って聞いていた小太郎が、声を上げた。

すると、松村と小島は、顔を引き締めて頷いた。ゆいも、虚空《こくう》を睨《にら》むように見据えている。

「平松どのを襲った者たちは武士らしいが、心当たりはあるか」

桑兵衛が、松村たちに目をやって訊いた。

すぐに口をひらく者がなく、その場は重苦しい沈黙につつまれたが、

「まだ心当たりはありません。武士とみているだけです」

松村が、語気を強くして言った。

「それも、腕のたつ武士とみていいようだ」

桑兵衛はそう言った後、

「つかぬことを訊く。平松どのは、ひとりでいるところを殺されたようだが、供はいなかったのか」

と、ゆいに訊いた。

「は、はい」

ゆいが、声をつまらせて答えた。戸惑うような顔をしている。

「お城からの帰りに、殺されたのではないな」

下城時なら、何人もの供の者がいるはずである。それに、夜になってから下城することなど滅多《めった》にないだろう。

「はい、父は、下城した後、相談があると言って屋敷を出たのです」

「相談の相手は、分かるか」

「上様の御佩刀のことで話してくると口にしただけです」

「佩刀な」

平松は、腰物奉行とのことだった。幕府の腰物奉行は、将軍の佩刀、将軍から大名に賜《たま》わす剣、大名家が献上した剣などを取り扱う役である。

平松が佩刀のことで出かけたとすれば、相手は仕事の上で何かかかわりのある者ということになる。

「どこで会ったか、聞いているか」

「それが、父は須田町《すだちょう》にある料理屋と言っただけで……」

ゆいは、語尾を濁《にご》した。店の名を聞いていないのだろう。

……料理屋は、つきとめられるかもしれない。

と、桑兵衛は思った。

須田町に、腰物奉行が出入りするような料理屋が、そう多くあるとは思えない。須田町に行って、聞き込みにあたれば、平松が客として入った店が分かるかもしれない。

桑兵衛が黙ると、次に口をひらく者がなく、道場内は重苦しい雰囲気につつまれた。

「明日にも、須田町の料理屋をあたってみよう」

桑兵衛が、その場にいるゆいや唐十郎たちに目をやって言った。

6

翌日、唐十郎は陽がだいぶ高くなってから、弥次郎と弐平の三人で道場を出た。向かった先は、須田町である。

桑兵衛は道場に残り、ゆいと小太郎、それに松村と小島の居合の稽古に当たることになった。

唐十郎たちが道場を出る前、松村と小島も須田町へ行くと言い出したのだが、唐十郎が道場に残るように指示した。今日のところは、殺された平松が立ち寄った料理屋と同席した者をつきとめるだけだったので、それほどの人数はいらなかったのだ。

唐十郎たち三人は道場を出ると、御徒町通りを南にむかった。

いっとき歩くと、前方に和泉橋が見えてきた。渡った先が柳原通りで、平松八右衛門が殺された場所も近かった。

唐十郎たちは和泉橋を渡り、平松が殺されていた場所に目をやったが、いまは何の痕跡《こんせき》もなかった。現場近くを、様々な身分の者たちが行き交っている。

唐十郎たちは平松が殺されていた現場を目にしただけで、そのまま通り過ぎた。そして、賑《にぎ》やかな八ツ小路《やつこうじ》に出ると、左手の通りに入った。そこは中山道《なかせんどう》で、そのまま南に向かえば、日本橋《にほんばし》に出られる。

唐十郎たちは中山道に入って間もなく、左手の通りに入った。そこが、須田町である。通り沿いには、そば屋、一膳めし屋、小料理屋などの飲み食いできる店が並んでいた。行き交う人は地元の住人が多いようだったが、旅人の姿も目についた。中山道を旅する者が、腹拵《はらごしら》えをするために立ち寄るのかもしれない。

「料理屋だったな」

唐十郎が、歩きながら言った。

「飲み食いできる店は多いが、料理屋らしい店はねえなァ」

弐平が、通りの左右に目をやりながらつぶやいた。

「地元の者に、訊いた方が早いな」

唐十郎がそう言ったとき、

「先に、料理屋らしい店がありやす」

弐平が、通りの先を指差した。

見ると、半町ほど先に、二階建ての料理屋らしい店があった。遠方だが、店先に暖《の》簾《れん》が出ているのが見てとれた。店はひらいているらしい。

「あっしが先に行って、店《たな》の者に訊いてみやす」

そう言い残し、弐平が小走りに通りの先にむかった。

弐平は料理屋の前まで行くと、店先に足をとめて辺りに目をやった後、暖簾をくぐって店に入った。

唐十郎と弥次郎はゆっくりした足取りで店の近くまで来ると、路傍に足をとめて、弐平が店から出てくるのを待った。

間もなく、弐平が店から出てきた。弐平は唐十郎たちの姿を目にすると、走ってきた。唐十郎たちを待たせたと思ったらしい。

「だ、旦那、知れやしたぜ」

弐平が、声をつまらせて言った。

「平松どのは、殺された晩、この店に立ち寄ったのか」

すぐに、唐十郎が訊いた。

「はっきりしねえが、平松さまたちとみていいようで」

弐平が店の女将《おかみ》から聞いた話によると、平松が殺された晩、平松らしい武士が他のふたりの武士と一緒に店に立ち寄ったという。

「店の名は」

「松沢屋《まつざわや》でさァ」

「三人の武士は、松沢屋で飲んだのだな」

唐十郎が、念を押すように訊いた。

「女将は、そう言ってやした」

「他のふたりの名は、分かるか」

「それが、女将は名を聞いてねえんで」

弐平は顔をしかめた。

「名は、分からないのか」

弥次郎が肩を落とした。

「女将は、平松たちの酒の席に出たのか」

唐十郎は、女将が酒席に出て平松たちと話していれば、他のふたりの武士のことも何か覚えているはずだと思った。

「女将は、平松さまたちの席に出たそうですがね。その晩は客が多かったせいもあって、三人の客に酌《しゃく》をした後、すぐに座敷を出たらしいんで」

「何か、覚えていることはないのか」

さらに、唐十郎が訊いた。

「三人は、刀のことを話していたそうですぜ」

「刀だと」

唐十郎は、平松が将軍の刀を取り扱う腰物奉行だったことを思い出した。それで、刀の話になったのではあるまいか。

「どんな話か、女将は覚えていたか」

唐十郎が訊いた。

「女将は、客が刀の話をしていたらしいと言うだけで、詳しいことは覚えてねえんで」

「仕方あるまい。女将が、すぐに座敷から出たのならな」

唐十郎は口をつぐんだ。

三人はいっとき口を閉じたまま立っていたが、

「だが、平松どのが殺された晩、ふたりの武士と松沢屋で飲んだことは、はっきりした。……そのふたりが平松どのを襲ったとは決め付けられないが、何かかかわりがあったのは間違いないだろう」

唐十郎が言うと、弥次郎と弐平がうなずいた。

唐十郎たちは松沢屋から離れると、来た道を引き返した。そして、平松が殺された場所を再び見てから和泉橋を渡った。

道場にもどると、ゆいと小太郎はいたが、松村と小島の姿はなかった。松村たちは、先に帰ったという。松村たちの家も、御徒町にあるそうだ。

「平松どのは、殺される前、須田町にある料理屋で、ふたりの武士と飲んだようです」

唐十郎が言った。

「そのふたりの武士の名は」

桑兵衛が、身を乗り出して訊いた。

「それが、分からないのです」

唐十郎は、そばにいたゆいと小太郎に目をやり、「何か、心当たりはあるか」と小声で訊いた。

「ありません」

ゆいが小声で言うと、そばに座していた小太郎も首を横に振った。

「いずれ、知れよう」

唐十郎が、虚空に目をやってつぶやいた。

7

唐十郎たちが須田町に行き、平松が殺された晩、何処《どこ》で何をしていたかを探った二日後である。

道場内には、唐十郎と弥次郎、それに松村と小島の姿もあった。唐十郎たち四人も、居合の稽古をしていたが、桑兵衛の声を聞いて、手にしていた刀を鞘に納めた。

桑兵衛は道場の上座《かみざ》にある師範座所の近くに、唐十郎や松村たちを呼んだ。

「稽古は、これまでとする」

桑兵衛が、あらためて言った。

桑兵衛はゆいの足がふらついてきたところで、

「今日は、これまでだな」

と、ゆいと小太郎に声をかけた。

すでに、九ツ（正午）を過ぎていた。唐十郎たちは、朝から居合や仇討《あだう》ちのための稽古をつづけていたので、腹が減ったし、疲れてもいた。

「松村と小島は、どうする」

桑兵衛が訊いた。

「今日は、このまま御徒町へ帰ります」

松村が言うと、小島がうなずいた。

「そうか」

桑兵衛は、引き止めなかった。明日も、ふたりは道場に来て、居合の稽古をすることが分かっていたからである。

「ゆいと小太郎は、どうする」

桑兵衛が、姉弟に訊いた。

「わたしたちも帰ります」

ゆいが、小太郎に目をやって言った。

「明日も、道場で待っているぞ」

桑兵衛は、姉弟の剣術の稽古を見てやるつもりでいたのだ。

ゆい、小太郎、松村、小島の四人は、帰り支度を始めた。帰り支度といっても、簡単である。小宮山流居合の稽古は、稽古着に着替えることもせず、着物の裾を帯に挟んだり、襷をかけたりするだけで、ふだん身につけている衣装のままでやっていたからだ。

小宮山流居合は、日常の暮らしのなかで対応できるように、様々な場、敵の人数、敵の武器などを想定した刀法が工夫されていた。そのため、あらためて稽古着に着替えることはむしろ不要であった。ただ、他の剣術のように竹刀《しない》で打ち合ったりするときには、防具を身につけることもある。

ゆいたち四人は帰り支度を終えると、桑兵衛たちに挨拶《あいさつ》をして道場を後にした。唐十郎と弥次郎は、ゆいたちからすこし遅れて道場の戸口に出た。唐十郎は弥次郎とふたりで須田町に出かけ、平松がふたりの武士と松沢屋を出た後の足取りを探ってみようと思ったのだ。

道場から出た弥次郎が、

「あのふたり、ゆいたちの跡をつけているのではないでしょうか」

と、通りの先を指差して言った。

唐十郎は、すぐに弥次郎が指差した先に目をやった。

先を行くゆいと小太郎が、遠方にちいさく見えた。そのゆいたちから半町ほど距離をとって、ふたりの武士が歩いていく。

ふたりの武士は、小袖にたっつけ袴姿だった。網代笠《あじろがさ》をかぶっている。ふたりは、道沿いにある家の脇や樹陰に身を隠すようにして歩いていた。

「おれたちも、跡をつけてみるか」

唐十郎が言った。

唐十郎と弥次郎は、足早にふたりの武士の跡を追った。すこし間をつめないと、見失う恐れがあったからだ。

唐十郎たちは、ふたりの武士との間を半町ほどにつめた。そして、通行人を装ってふたりの跡をつけ始めた。

尾行は楽だった。ふたりの武士は、前を行くゆいと小太郎に気をとられているのか、背後を振り返って見るようなことはなかった。

ゆいと小太郎は、御徒町通りに出ると北に足をむけた。和泉橋がある方とは反対方向である。平松家の屋敷は、道場より北にあったのだ。

御徒町通りは、武士や中間などが行き交っていた。その辺りは武家地が広がり、御家人や旗本の屋敷がつづいている。

ゆいと小太郎は御徒町通りをしばらく歩いた後、左手の道に入った。唐十郎たちの前を行くふたりの武士は、小走りになった。ゆいたちの姿が、見えなくなったからだろう。

「走るぞ」

唐十郎が、弥次郎に声をかけて走りだした。唐十郎たちも、前を行くふたりの武士を見失いかけたのだ。

唐十郎たちが左手の道に入ると、半町ほど先にふたりの武士の姿が見えた。その先に、ゆいと小太郎の姿があった。ふたりの武士は、依然としてゆいたちの跡をつけていく。

「あのふたり、ゆいたちを襲う下見をしているのではないかな」

唐十郎は、襲うならこの辺りではないかと思った。通りに人影はなかったし、ゆいたちの住む平松家の屋敷はすぐ近くにあると、唐十郎たちはゆいから聞いて知っていたのだ。襲うなら、もう行動に出ていないと遅い。

「あのふたり、ゆいたちの屋敷がどこにあるか、知らないのではないでしょうか」

弥次郎が言った。

「そうかもしれん」

唐十郎も同感だった。ふたりの武士は、平松家の屋敷のある場所を知らず、襲うのに適した場所に出るのを待っているのかもしれない。

ゆいと小太郎は、平松家の屋敷の門の前まで来た。

平松家は、禄高《ろくだか》六百石と聞いていた。屋敷は、六百石の旗本に相応《ふさわ》しい片番所《かたばんしょ》付の長屋門である。番所には門番がいるらしく、ゆいが声をかけると、いっときして、表門の脇のくぐりがあいた。

ゆいと小太郎は、慣れた様子でくぐりからなかに入った。

唐十郎たちは屋敷に近付かず、すこし離れた場所で足をとめ、ふたりの武士に目をやった。

8

「あのふたり、動かないな」

唐十郎が、ふたりの武士に目をやって言った。ふたりは、平松家の屋敷から少し離れた路傍に立っている。

ふたりは、ゆいと小太郎が、表門の脇のくぐりから屋敷内に入った後も路傍に立って表門に目をやっていたが、いっときすると、踵《きびす》を返した。屋敷内に踏み込む気はないようだ。

「おい、こっちへ来るぞ」

唐十郎が言い、急いで近くにあった旗本屋敷の築地塀《ついじべい》の陰に身を隠した。弥次郎も唐十郎の脇に身を寄せた。

ふたりの武士は、何か話しながら歩いてくる。唐十郎たちに、気付かなかったらしい。唐十郎たちにとっては幸《さいわ》いなことに、すぐ近くに身を隠す場所があったので、ふたりの武士の目にとまらなかったようだ。

ふたりの武士は、唐十郎たちのそばを通り過ぎた。そして、来た道を引き返していく。弥次郎は、ふたりの姿が遠ざかると、

「跡をつけますか」

唐十郎に目をやって訊いた。

「つけてみよう」

唐十郎と弥次郎は築地塀の陰から出ると、前を行くふたりから半町ほどの間をとって、跡をつけ始めた。

尾行は楽だった。ふたりは、尾行者がいるなどとは思ってもみないらしく、背後を振り返って見ることはなかった。何やら話しながら歩いていく。

ふたりは来た道をたどって、御徒町通りに出た。そして、和泉橋の方ではなく、反対側の北に足をむけた。

唐十郎と弥次郎は、走りだした。ふたりの姿が見えなくなったからだ。唐十郎たちは、御徒町通りに出ると、通りの先に目をやった。

「あそこだ！」

唐十郎が指差した。

ふたりの武士は、何やら話しながら御徒町通りを北にむかって歩いていく。

唐十郎たちは、ふたりの武士との間をつめた。通りを行き来する人がいて、多少近付いても気付かれる恐れがなくなったのだ。

ふたりは御徒町通りをしばらく歩くと、右手にまがった。武家屋敷の陰になって、唐十郎たちからは見えなかったが、そこに道があるらしい。

唐十郎たちは、小走りになった。そして、ふたりの武士が右手にまがったところまで来ると、通りの先にふたりの姿が見えた。道沿いに、板塀で囲った屋敷がつづいていた。いずれも、木戸門である。旗本ではなく、御家人の屋敷らしい。

右手の路地に入ってから一町ほど歩いたとき、武士のひとりが、木戸門の前で足をとめた。そして、もうひとりの武士に何やら声をかけてから、木戸をあけて屋敷内に入った。もうひとりの武士は、すぐに木戸門から離れて歩きだした。

「尾けてみよう」

唐十郎が言い、弥次郎とふたりで門から離れた武士の跡をつけ始めた。

武士は一町ほど歩くと、先程の屋敷と同じような造りの木戸門の前で足をとめた。そして、門のなかに入った。ここが、武士の屋敷らしい。

唐十郎と弥次郎は、屋敷の近くまで行って路傍に足をとめた。

「ふたりとも、御家人のようだ」

唐十郎が言った。

「家禄は、五、六十石でしょうか」

「そうみていい」

唐十郎は、御家人のなかでも禄高の高くない身分とみた。中間や下女はいるかもしれないが、侍などの家臣はいないだろう。

「どうする」

唐十郎が訊いた。

「ともかく、ふたりが何者か探ってみますか」

近所で聞き込めば分かるのではないかと、弥次郎が言い添えた。

「探ってみよう」

唐十郎と弥次郎はさらに通りを歩き、ふたり目の男が入った屋敷から一町ほど離れたところで、足をとめた。屋敷の近くで聞き込みにあたると、跡をつけてきた武士に気付かれる恐れがあったからだ。

唐十郎と弥次郎が路傍に立っていっときすると、通りの先にふたりの中間の姿が見えた。ふたりは何やら話しながら歩いてくる。近くの屋敷で奉公する中間らしい。

「あのふたりに、訊いてみる」

唐十郎は、ふたりの中間が近付くのを待って、

「近くの屋敷に奉公しているのか」

と、ふたりに身を寄せて訊いた。弥次郎は、路傍に立ったまま唐十郎に目をやっている。

ふたりの中間は、警戒するような顔をして唐十郎を見た。

「そうでさァ」

と、大柄な男が言った。もうひとりの瘦身《そうしん》の男は、戸惑うような顔をして、唐十郎を見ている。

「ちと、訊きたいことがあるのだがな」

「なんです」

「一町ほど先に御家人の屋敷があるが、どなたの屋敷か、知っているか。先程、屋敷に入る武士を見てな、おれが世話になった方のような気がしたのだ」

唐十郎が、通りの先を指差して訊いた。

「板塀で囲ったお屋敷ですかい」

瘦身の男が訊いた。

「そうだ」

「西宮《にしみや》さまのお屋敷でさァ」

大柄な男が、脇から口を挟んだ。

「西宮さまな……」

唐十郎は首を捻ってから、

「西宮さまの役柄を知っているか」

と、ふたりの中間に目をやって訊いた。

「腰物方と聞いてます」

「腰物方だと！」

唐十郎の声が大きくなった。

腰物方は、殺された平松が配下に収める役柄である。平松は、腰物方を束ねる腰物奉行だった。

「西宮どのがお仕えしている腰物奉行の名を知っているか」

すぐに、唐十郎が訊いた。腰物奉行はふたりいるので、西宮が平松の配下だったかどうか、分からない。

「知りません」

大柄な男が言うと、

「あっしも、知りやせん」

すぐに、痩身の男が言った。

「そうか」

唐十郎は、それ以上、ふたりには訊かなかった。ゆいに訊けば、もうひとりの腰物奉行のことも分かるかもしれないと思ったのだ。

第二章　敵影

1

神田松永町にある小宮山流居合の道場に、四人の男が集まっていた。桑兵衛、唐十郎、弥次郎、それに弐平である。弐平は、その後の様子を訊《き》くために道場に顔を出したのだ。まだ五ツ（午前八時）ごろで、ゆいや小太郎の姿はなかった。

「唐十郎、話してくれ」

桑兵衛が、唐十郎に目をやって言った。

「昨日、ゆいたちの跡をつけていくふたりの武士を目にして、われわれも追ったのです」

唐十郎はそう切り出し、ふたりの武士が、御徒町にあるゆいたちの住む平松家の屋敷まで跡をつけていったことを話した。

「それで、どうした」

桑兵衛が、話の先をうながした。

「ふたりは、ゆいたちが屋敷に入ったのを確かめると、その場を離れ、御徒町にあるそれぞれの屋敷に帰りました」

「そのふたり、何者か分かるか」

桑兵衛が訊いた。

「御家人です」

唐十郎は、そう言った後、

「ひとりは西宮という名で、腰物方のようです」

「腰物方というと、腰物奉行の配下か」

桑兵衛の声が、大きくなった。

「そうです」

「そいつら、殺された平松さまの手先ですかい」

弐平が、脇から身を乗り出して訊いた。

「分からない。腰物奉行は、ふたりいるからな。もうひとりの奉行の配下かもしれん」

唐十郎は、ふたりとも平松八右衛門の配下ではないような気がした。ゆいと小太郎が屋敷に入った後も、通りから屋敷を見張っていたからだ。

「そやつらの屋敷を、つきとめたのだな」

桑兵衛が訊いた。

「はい、ふたりの屋敷の所在を摑《つか》みました」

唐十郎が言うと、弥次郎がうなずいた。

「どちらかひとりを捕らえて、口を割らせれば、事件のことが摑めそうだな」

桑兵衛が言うと、

「そいつら、お縄にしやしょう」

弐平が声を上げた。

「弐平、焦《あせ》るな。ふたりの塒《ねぐら》も、分かっているようだ。その気になれば、いつでも捕らえられる」

桑兵衛はそう言った後、

「ゆいや松村たちが来たら、腰物奉行と腰物方の西宮のことを訊いてみよう」

と、その場にいる男たちに目をやった。

それから、半刻《はんとき》（一時間）ほどして、ゆいと小太郎、それに松村と小島が道場に姿を見せた。

「稽古の前に、話がある」

唐十郎がそう言って、ゆいたち四人を道場に連れていった。

道場のなかほどに座ると、

「訊きたいことがあるのだ」

　唐十郎はゆいたちに、昨日、道場の近くにいたふたりの武士の跡をつけたことから、ふたりが御徒町の御家人の屋敷に帰ったこと、そのうちのひとりが腰物方で、西宮という名であることなどを話した。

　そして、唐十郎はゆいに目をやり、

「西宮という男を知っているか」

と、声をあらためて訊いた。

「父から、聞いたことがあります」

　ゆいが言った。

「西宮は、平松どのの配下だったのか」

「ちがいます」

　ゆいが、はっきり言った。

「話してくれ」

「同じ腰物奉行の田沼弥之助《たぬまやのすけ》さまの配下に西宮という腰物方の者がいると、父上が話していたことがございます」

　ゆいが、そばにいた松村と小島に目をやって言った。

腰物奉行は、ふたりいる。ひとりはゆいたちの父親で、殺された平松八右衛門である。もうひとりは、田沼弥之助という名らしい。

「それがしも、田沼さまの配下に西宮という男がいると、聞いたことがあります」

松村が、身を乗り出して言った。小島も、うなずいている。

「もうひとりの名は分からないが、近くに屋敷があったのだ。西宮の仲間だと思うが……」

唐十郎は語尾を濁《にご》した。屋敷が近くにあったというだけで、まだ名も摑んでいないのだ。

「西宮と一緒にいたのなら、同じ腰物方の者かもしれません」

松村が言い添えた。

唐十郎が口をつぐむと、

「ともかく、西宮という男に話を聞けば、平松さまを手にかけた者が誰か分かるかもしれません」

黙って聞いていた弥次郎が言った。

「よし、西宮を捕らえよう」

桑兵衛が、強いひびきのある声で言った。

その後、その場に集まった者たちで相談し、西宮を捕らえに、唐十郎、弥次郎、弐平、それに松村が行くことになった。松村は、西宮の住んでいる周辺の地理に明るかったからだ。

平松姉弟《きょうだい》は敵討《かたきう》ちの稽古《けいこ》のために、小島は小宮山流居合の稽古のために道場に残って桑兵衛の指南を受けるのだ。

2

唐十郎、弥次郎、松村、弐平の四人は道場を出ると、松村の先導で御徒町通りを歩き、西宮家の屋敷の近くで足をとめた。

「そこの板塀で囲った屋敷だ」

唐十郎が、西宮家の屋敷を指差した。

「わが平松さまのお屋敷と、近いな」

松村が屋敷に目をやって言った。

「どうしやす」

弐平が、身を乗り出すようにして訊いた。

「近所で聞き込んでみるか」

唐十郎が言った。まだ、西宮といっしょにいた武士の名も分からないし、西宮たちがゆいたちの跡をつけたというだけで、ゆいと小太郎の父親殺しにかかわったかどうかも、はっきりしなかった。

「西宮に気付かれないように、屋敷からすこし離れた場所で、聞き込みにあたった方がいいな」

唐十郎がそう言い、四人はさらに通りをいっとき歩いてから、椿《つばき》の陰《かげ》に足をとめた。路傍《ろぼう》で、椿が枝葉を茂らせていたのだ。

「一刻（二時間）ほどしたら、この場に集まることにしよう」

唐十郎がそう言い、男たちはその場で別れた。

ひとりになった唐十郎は通りを半町ほど歩き、前方から歩いてくるふたりの若侍に目をとめた。

ふたりは、小袖に袴《はかま》姿で木刀を手にしていた。木刀に、畳んで丸めた剣術の稽古着が結《ゆ》わえてあった。ふたりは、剣術道場へ行くところかもしれない。

唐十郎は路傍に立ち、ふたりの若侍が近付くのを待って、

「ちと、訊きたいことがあるのだが」

と、声をかけた。

「何でしょうか」

年上と思われる長身の若侍が、訝《いぶか》しそうな顔をして訊いた。見ず知らずの武士に、いきなり声をかけられたからだろう。

「この先に、西宮どのの屋敷があるのだが、知っているかな」

唐十郎が、西宮の名を出して訊いた。

「西宮弥三郎《やさぶろう》どのですか」

長身の若侍が、あっさり口にした。

「そうだ」

「西宮さまなら、知ってますよ」

長身の若侍が言うと、いっしょにいた面長《おもなが》の若侍が、「それがしも、西宮さまのことは聞いてます」と、脇から口を挟んだ。

「よく知っているな」

「この近くで、一刀流の剣術道場に通っている者ならみんな知ってますよ」

長身の若侍が言った。

「一刀流というと、三枚橋《さんまいばし》の近くにある角田《つのだ》道場か」

唐十郎は、角田道場の噂《うわさ》を耳にしていた。

角田泉八郎《せんぱちろう》という一刀流の遣い手《つかて》がひらいている道場で、三枚橋のたもとにあった。この場から、それほど遠くない。御徒町通りを北にむかえば、三枚橋につきあたる。三枚橋は、不忍池《しのばずのいけ》から流れ出す忍川《しのぶがわ》にかかっていた。

「そうです」

面長の若侍が、脇から言った。

「西宮どのは、一刀流の遣い手か」

唐十郎が訊いた。角田道場の門弟だったのなら、一刀流を遣うはずである。

「はい、腕のたつ者でも、「そうか。……ところで、昨日、西宮さまには敵《かな》わないと聞いてます」

「そうか。……ところで、昨日、西宮どのが武士と一緒に歩いているのを見掛けたのだがな。その武士は、西宮どのと一緒にいることが多いのだが、まだ、名を知らないのだ」

唐十郎は、西宮と一緒にいた武士のことも知りたいと思った。

「きっと、青田源之助《あおたげんのすけ》さまですよ」

長身の若侍が言った。

「青田という武士も、遣い手か」

「はい、青田さまも、角田道場に通ったことがあると聞いたことがあります」

「青田の役を聞いたことがあるか」

「西宮どのと同じだと聞きました」

「腰物方か。西宮どのには、他に仲間がいるのか」

さらに、唐十郎が訊いた。

「さァ……」

長身の若侍が、不審そうな顔をした。唐十郎が根掘り葉掘り訊くので、何か探っているのと思ったのかもしれない。

「それがしたちは、これで」

長身の若侍が言い、もうひとりの若侍とともに踵《きびす》を返すと、足早に唐十郎のそばから離れた。

それから、唐十郎は別の場所に立って、話の聞けそうな者が通りかかるのを待って西宮のことを訊いたが、何の収穫もなかった。

唐十郎が弥次郎たちと別れた場にもどると、椿の樹陰《こかげ》で弐平と松村が待っていたが、弥次郎の姿はなかった。

だが、待つまでもなく、通りの先に弥次郎の姿が見えた。弥次郎は、足早にもどってくる。

唐十郎は弥次郎がそばに来るのを待ち、

「おれから話す」

と言って、ふたりの若侍から聞いた話を口にした。

「角田道場のことは、それがしも聞いています。門弟たちのなかでも、かなりの遣い手だったようです」

松村が、脇から口を挟んだ。

「角田道場へ行って様子を訊けば、西宮と青田のことが、知れるな」

唐十郎が言った。

「その西宮ですが、腰物奉行の田沼と歩いているのを見た者がいるようです」

弥次郎が、身を乗り出すようにして言った。

「どうやら、西宮が此度《こたび》の件にかかわっていそうだ」

唐十郎が言うと、その場にいた男たちがうなずいた。

それから、松村と弐平からも話を聞いたが、西宮や田沼にかかわる新たなことは摑めなかった。

3

「角田道場で、話を聞いてみるか」

唐十郎が、その場にいる弥次郎たちに目をやって訊いた。

「行きましょう」

すぐに、弥次郎が言った。その場にいた松村と弐平も、その気になっている。

唐十郎たちは御徒町通りにもどり、北に足をむけた。その通りの先に、三枚橋がある。通り沿いには、旗本や御家人の屋敷がつづいていた。行き交う者も旗本や御家人、それに武家屋敷に奉公する中間《ちゅうげん》などが目についた。

御徒町通りをしばらく歩くと、前方に三枚橋が見えてきた。川幅が狭いこともあって、ちいさな橋だった。

唐十郎たちは、三枚橋に近付いた。だが、付近に道場らしい建物はない。

「橋のたもとにいる武士に、訊いてみます」

そう言って、松村が足早に三枚橋のたもとにむかった。

松村は、橋のたもとにいた若侍と何やら話していたが、すぐにもどってきた。

「角田道場は、橋を渡った先にあるそうです」

そう言って、自ら先にたった。

唐十郎たちは三枚橋を渡り、すこし歩いてから御家人の屋敷の脇にある道に入った。

「そこです」

松村が前方を指差した。

道沿いに、剣術道場らしい建物があった。建物の脇が板壁になっていて、武者窓がある。ただ、稽古はやっていないらしく、竹刀《しない》を打ち合う音や気合などは聞こえなかった。ひっそりとしている。

唐十郎たちは、道場の戸口まで行ってみた。男の話し声と床を歩くような足音が聞こえた。道場内に、何人かいるようだ。

「入ってみよう」

唐十郎が、戸口の板戸をあけた。

敷居の先に土間があり、その先が狭い板間《いたま》になっていた。道場は板間の先らしいが、板戸がしめてあって見えなかった。

「頼もう！　どなたか、おられるか」

唐十郎が声をかけた。

すると、板戸の向こうで聞こえていた声がやみ、床を歩く足音がした。そして、板戸があいた。顔を出したのは、稽古着姿の男だった。三十がらみと思われる武士らしい男である。

男は唐十郎たちを目にすると、板間に座し、

「何用でござるか」

と訊いた。土間にいたのは四人で、町人の姿もあった。それで、入門のために来たのではない、と思ったようだ。

「道場主の角田どのは、おられようか」

唐十郎が訊いた。

「おられるが、そこもとたちは」

武士の顔から、不審そうな表情は消えなかった。

「それがし、神田松永町で居合の道場をひらいている者の身内です。狩谷唐十郎ともうします」

唐十郎は、隠さずに名乗った。

「狩谷道場なら、存じております。……それがし、当道場の師範代、柳川房之助《やながわふさのすけ》で

す」

柳川は名乗った後、

「して、御用件は」

と、声をあらためて訊いた。

「実は、こちらの道場の門弟のことで、お訊きしたいことがあって参ったのです。……ただ、その門弟はすでに道場を離れ、いまは何の関わりもないかもしれません」

唐十郎が言った。

「その門弟の名は」

柳川が訊いた。

「西宮弥三郎どのです」

唐十郎は、西宮の名を出した。

「西宮……」

柳川は眉《まゆ》を寄せて戸惑《とまど》うような顔をしたが、「お待ちくだされ」と言い残し、急いで道場内にもどった。

待つまでもなく、柳川は戻ってきた。

「道場に上がってください。角田さまがそこもとたちにお会いして、話を聞くそうです」

　そう言って柳川は、唐十郎たち四人を道場内に案内した。

　道場の正面の師範座所を背にして、ふたりの武士が座していた。四十代半《なか》ばらしい恰幅《かっぷく》のいい武士と、二十三、四歳と思われる若い武士である。ふたりは、親子らしい。顔がよく似ていた。

　唐十郎たち四人は、ふたりの武士の前に座した。

「それがし、狩谷道場の狩谷唐十郎です」

　と、まず唐十郎が名乗った。

　つづいて、弥次郎と松村が名乗った後、弐平が、

「あっしは、狩谷道場と懇意《こんい》にしてやす弐平で」

　と、首を竦《すく》めて言った。

　唐十郎たちが名乗り終えると、恰幅のいい武士が、

「道場主の角田泉八郎でござる」

　と名乗り、つづいて若い武士が、角田の嫡男の松之助《まつのすけ》であることを口にした。

「して、何用でござる」

　角田が声をあらためて訊いた。

「すでに、こちらの道場とはかかわりがないと存じますが、門弟だった西宮と青田源之助のことで、お訊きしたいことがあって参りました」

唐十郎は、丁寧《ていねい》な物言いをした。ただ、西宮と青田は、呼び捨てにした。

角田は西宮と青田の名を耳にすると、眉を寄せた。不快そうな顔をしている。脇に座している松之助も、顔をしかめた。

「実は、さる幕臣の娘と息子が、父の敵を討つために、狩谷道場に通っております。……ですが、肝心《かんじん》の敵が何者か分かりません」

唐十郎は正直に話した。

「それで」

角田が話の先をうながした。

「娘らの殺された父は、腰物奉行でした。現在、西宮と青田は腰物方で、腰物奉行の配下なのです。……ただ、腰物奉行はふたりいますので、直接の配下かどうか分かりません」

唐十郎は、ゆいから、西宮が腰物奉行の田沼弥之助の配下だと聞いたことは伏せた。

「腰物奉行な」

角田が、首を捻《ひね》った。ふだん、耳にすることのない役柄なのだろう。

「腰物奉行を斬った男は、腕がたつようです。……それで、敵は西宮か青田ではないかと目星をつけたわけです」

唐十郎は、話をつづけた。

「うむ……」

角田が、顔をしかめた。

つづいて口をひらく者がなく、道場内は重苦しい沈黙につつまれたが、

「西宮と青田が道場を去って、五、六年は経《た》つからな。ふたりが、どこで何をしているか、わしにも分からんのだ」

と、角田が言って、脇にいる松之助に目をやった。

「それがしも、西宮たちが道場を出た後のことは分かりません」

松之助が言い添えた。

角田と松之助は、黙したまま虚空《こくう》を睨《にら》むように見据《みす》えていたが、

「そういえば、二月《ふたつき》ほど前、西宮と青田が、年配の武士と話しながら歩いているのを見掛けましたよ」

と、松之助が言った。

「年配の武士は、何者か分かりますか」

すぐに、唐十郎が訊いた。

「何者か分かりませんが、西宮がタヌマさまと呼んだのが聞こえました」

「田沼弥之助だ！」

唐十郎が声を上げた。西宮が、平松と並ぶ腰物奉行の田沼弥之助の配下だったというゆいの証言は、やはり本当だったのだ。

「どこで、西宮の姿を見掛けたのですか」

唐十郎は、西宮が上役である田沼と一緒に歩いていた場所がどこか気になった。

「柳原通りです」

すぐに、松之助が言った。

「柳原通りか」

唐十郎の胸に、柳原通りで殺されていた平松八右衛門の死体が過《よぎ》った。平松は、首を横に斬られていた。一太刀《ひとたち》で、仕留められていたのだ。下手人は腕のたつ男とみていい。唐十郎は胸の内で、西宮は腰物方の仕事以外のことで、田沼と会っていたようだ、と思った。そして、ゆいたちの父親殺しに、西宮はかかわっている、と確信した。

4

唐十郎、弥次郎、弐平の三人は、角田道場を出た後、桑兵衛のいる道場にもどった。同行した松村は途中で別れ、自分の屋敷に帰った。

道場には、桑兵衛しかいなかった。ゆいと小太郎は自分の屋敷に帰ったらしい。

桑兵衛は、ひとりで居合の稽古をしていた。桑兵衛の顔に、汗がひかっている。ひとりでも手を抜かずに稽古をしていたのだろう。

桑兵衛は唐十郎たち三人を目にすると、

「わしも稽古をしないと、体が鈍《なま》るのでな」

苦笑いを浮かべ、手にした刀を鞘《さや》に納めた。

そして、道場のなかほどに腰を下ろすと、唐十郎たち三人が座るのを待って、

「何か知れたか」

と、声をあらためて訊いた。

唐十郎が、三枚橋の近くにある角田道場を訪ねたことを話してから、

「西宮弥三郎と青田源之助のふたりのことで、話を聞いてきました」

と、言い添えた。

「西宮と青田は何者だ」

桑兵衛が訊いた。

「ふたりとも、腰物方のようです」

「腰物方というと、腰物奉行の配下だな」

「そうです」

「西宮と青田のことで、何か知れたのか」

「はい、ふたりは剣の遣い手で、殺された平松どのと同じ腰物奉行の田沼弥之助とかかわりがあるようです」

唐十郎が、西宮と青田が田沼弥之助と柳原通りを歩いていたのを目にした者がいることを話した。

「そう言えば、田沼弥之助の配下に西宮という腰物方の者がいると、ゆいが話していたぞ」

桑兵衛の声が、大きくなった。

「それがしも、聞きました」

「うむ……」

桑兵衛は、口を結んだまま虚空を睨むように見据えている。

つづいて口をひらく者がなく、道場内は重苦しい雰囲気につつまれた。

「西宮と青田が、平松さまを殺した件にかかわっているとみていいようです」

唐十郎が、沈黙を破って言った。

「まだ理由は分からぬが、西宮と青田が、ゆいたちの父親の平松八右衛門どのを手にかけたとも考えられるな」

そう言って、桑兵衛は唐十郎、弥次郎、弐平の三人に目をやった。その目が、鋭いひかりを帯びている。


翌朝、ゆいと小太郎が道場に姿を見せると、桑兵衛は父の敵を討つための稽古を始める前に、ふたりを道場の隅に呼んだ。

道場内には、唐十郎と弥次郎もいた。ふたりは、桑兵衛の脇に座した。

ゆいと小太郎は緊張した面持ちで、桑兵衛たち三人に目をやった。三人の様子が、いつもと違ったのだ。

「稽古を始める前に、聞いておきたいことがあってな」

桑兵衛が、静かな声で言った。

ゆいと小太郎は、口をとじたまま小さくうなずいた。

「ふたりは、亡くなった平松どのから、西宮弥三郎という名を聞いたことがあるな」

桑兵衛が、念を押すように訊いた。

「あります」

ゆいが、小声で言った。

「青田源之助という名は」

「その名も、聞いたことがあります」

ゆいが答えると、小太郎がうなずいた。

「西宮という男の役柄も、知っているな」

「はい」

すぐに、ゆいが応《こた》えた。

「そうか」

桑兵衛は、すでにゆいから西宮の役柄が腰物方であることを聞いていたので、念を押したのだ。

「ところで、亡くなった父親の平松どのは、西宮と青田のことで、殺しにかかわるようなことを口にしたことはないか」

桑兵衛が、声をあらためて訊いた。

「聞いたことが、あります」

ゆいが、身を乗り出すようにして言った。

「どんなことを聞いた」

「父が屋敷に帰ってきて、西宮に跡をつけられたような気がする、と話したのを覚えています」

ゆいが言うと、

「おれも、覚えています」

今度は小太郎が、身を乗り出すようにして言った。

「お城からの帰りに、跡をつけられたのか」

桑兵衛が訊いた。

「はい」

「どこで、跡をつけられたのかな」

「や、柳原通りと、言ってました」

ゆいの声が、震えた。父の平松八右衛門が殺されたことが胸を過ったのであろう。

「襲われなかったのか」

「はい、そのときは、何事もなかったようです」

「その後、平松どのは、柳原通りで襲われたのだな」

桑兵衛が念を押すように訊いた。

「は、はい……」

ゆいが、声をつまらせて言った。小太郎は、ゆいの脇で身を顫《ふる》わせている。

5

「今日から、稽古を変える」

翌日、桑兵衛が、ゆいと小太郎を前にして言った。

桑兵衛は、ゆいと小太郎の敵を西宮と青田に絞って、敵討ちの稽古をしようと思ったのだ。

桑兵衛はゆいと小太郎にも手伝わせ、母屋《おもや》から巻藁《まきわら》を道場内に運んだ。巻藁といっても、細い青竹を藁で包んで、縄で縛った物である。

その巻藁を道場の隅に立てた。藁を敵と見なして、実際に斬るのである。貴重な巻藁を使う稽古は、滅多《めった》にできない。それで、これまでゆいたちの稽古のときに、使われることはなかったのだ。

桑兵衛は巻藁を道場のなかほどに立て、

「今日は、この巻藁を敵と思って斬ってみろ」

と、ゆいと小太郎に言った。

「はい！」

ゆいが緊張した面持ちで応えた。小太郎も、真剣な顔をして巻藁を見つめている。

道場内には、唐十郎、弥次郎、それに稽古に来た松村と小島の姿もあった。唐十郎たちは、桑兵衛たちからすこし離れた場所で、居合の稽古を始めている。

「ゆい、この巻藁を敵と見て、懐剣《かいけん》を突き刺すのだ。……斬ろうと思うな」

桑兵衛は、懐剣で斬ろうとしても、ゆいには無理だろうと思った。せいぜい、敵の着物を斬り裂く程度だろう。

「ゆいは、敵の背後にまわるのだ。巻藁を敵とみて、背後にまわれ」

桑兵衛が言った。

「はい」

ゆいは、巻藁を前にして立っている桑兵衛から離れ、巻藁の後ろにまわった。そして、懐剣を手にして身構えた。

「ゆい、顎《あご》を引け！」

桑兵衛が、声をかけた。

ゆいは言われたとおり顎を引いたが、ぎこちない構えだった。それに、緊張して体が顫えている。

桑兵衛はそれ以上、ゆいに声をかけなかった。平常心で臨《のぞ》め、と言っても無理である。こうした稽古は、何度か繰り返すうちにしだいに慣れてきて、顫えなくなるのだ。

「おれが、敵の正面に立つ」

そう言って、桑兵衛は巻藁に近付いた。

「小太郎、この巻藁を敵と思ってな。左脇に立て」

「はい！」

小太郎は、巻藁の脇にまわった。

「ふたりとも、敵が刀で斬りつけても、とどかない間合をとれ」

桑兵衛が、ゆいと小太郎に目をやって言った。

ゆいと小太郎は身を退《ひ》き、敵が巻藁のある場で刀をふるっても、とどかない間合をとった。

「その場でいい」

桑兵衛が、姉弟に声をかけた。

桑兵衛、ゆい、小太郎の三人は、巻藁を前にして三方に立った。

「ゆい、小太郎、敵を前にしたら、すぐに今の間合をとり、武器を手にして身構えるのだ」

桑兵衛が念を押した。

「はい！」

ゆいが応えた。小太郎は、手にした脇差《わきざし》を青眼《せいがん》に構えていた。そして、切っ先を巻藁にむけた。

「おれは、居合を遣う」

そう言って、桑兵衛は巻藁を前にして居合の抜刀《ばっとう》体勢をとった。

桑兵衛は、いっとき巻藁を前にして動きをとめていたが、

「いくぞ！」

と声をかけ、素早い動きで巻藁との間合をつめると、いきなり抜刀した。

刀身の鞘《さや》走《ばし》る音がかすかに聞こえ、閃光《せんこう》が袈裟《けさ》にはしった。次の瞬間、バサッという音がし、巻藁がわずかに斬り裂かれた。桑兵衛は、巻藁を残すように斬ったのだ。

桑兵衛は身を退きざま、

「いまだ！　ゆい」

と、声を上げた。

「父の敵！」

叫びざま、ゆいは踏み込み、手にした懐剣を巻藁に突き刺した。ちょうど、立った大人の背の辺りである。

ゆいは懐剣を手にしたまま、巻藁に身を寄せて動きをとめた。

「小太郎、斬れ！」

桑兵衛が、小太郎に声をかけた。

小太郎も姉と同じように、「父の敵！」と叫びざま、踏み込んだ。そして、手にした脇差を袈裟に払った。

バサッ、という音と同時に巻藁が斜《はす》に裂け、わずかに藁屑《わらくず》が落ちた。小太郎も脇差を手にしたまま動きをとめている。

「退け！」

桑兵衛が、ゆいと小太郎に声をかけた。

ゆいと小太郎は、それぞれの武器を手にしたまま巻藁から身を退いた。

「いい動きだった」

桑兵衛は、ふたりに声をかけた後、

「だが、敵討ちのときの相手は、巻藁ではない。腕がたち、しかも刀を手にしているはずだ。間合の取り方とわずかな遅れで、返り討ちにあう」

と、話した。

ゆいと小太郎は、真剣な顔をして桑兵衛の話を聞いている。

「何度も稽古すれば、間合の取り方も踏み込みの速さも身につく。おれが声をかけなくても、動けるようになるはずだ」

桑兵衛はそう言った後、「もう一度！」と、ふたりに声をかけた。

ゆいと小太郎は、すぐに巻藁から身を退いて先程と同じ場にもどり、それぞれの武器を手にして身構えた。

6

「おれたちは、西宮の屋敷を探ってみるか」

唐十郎が、弥次郎に声をかけた。

ふたりは道場の隅で、桑兵衛と平松姉弟の稽古の様子を見ていたのだ。

「行きましょう。ゆいと小太郎の稽古は、お師匠にお任せすればいい」

弥次郎は、脇に置いてあった刀を手にして立ち上がった。

唐十郎と弥次郎は、道場内にいる桑兵衛に一礼してから外へ出た。

四ツ（午前十時）ごろだった。秋の日差しが道場の前の道を照らし、白く輝いて見えた。晴天である。

唐十郎たちが歩きだしたときだった。通りの先に、弐平の姿が見えた。足早に近付いてくる。

弐平は唐十郎たちの前に立ち、

「旦那たちは、どちらへ」

と、薄笑いを浮かべて訊いた。

「弐平こそ、どこへ行くのだ」

唐十郎が訊いた。

「道場でさァ。旦那たちは、何をしてるのかと思いやしてね。覗《のぞ》きにきたんでさァ」

「おれたちは、これから西宮と青田、それに腰物奉行の田沼を探りに行くつもりだ」

唐十郎が、声をひそめて言った。腰物奉行の田沼はともかく、腰物方の西宮、それに青田のことも調べてみるつもりだった。そして、機会があれば、西宮を捕らえようと思っていた。

「あっしも、お供しやしょう」

弐平が、身を乗り出して言った。

「一緒に来てくれ」

唐十郎は、弐平に頼むことがあるかもしれないと思った。

唐十郎、弥次郎、弐平の三人は、御徒町通りを歩き、板塀で囲われた屋敷の木戸門の近くで足をとめた。西宮の住む屋敷である。

「だれか、いるようだ」

唐十郎が言った。

屋敷内で、足音と障子《しょうじ》を開け閉めするような音が聞こえた。西宮の家族か、下働きの者だろう。

「どうしやす」

弐平が、唐十郎と弥次郎に目をやって訊いた。

唐十郎と弥次郎は思案するような顔をして、いっとき口をつぐんでいたが、

「近所で聞き込むしかないな。屋敷内に踏み込んで、家の者に話を訊くわけにはいか

ないからな」

唐十郎が言うと、弥次郎と弐平がうなずいた。

唐十郎たちは西宮家の屋敷の前から半町ほど歩き、別の御家人の屋敷の近くに足をとめた。西宮の屋敷の近くで話していると、屋敷に住む者の目にとまる恐れがあったのだ。

「ここで別れて聞き込んでみよう」

唐十郎が、弥次郎と弐平に目をやって言った。

「一刻（二時間）ほどで、この場に戻ることにしますか」

弥次郎が、訊いた。

「そうしよう」

唐十郎たちは、その場で別れた。


ひとりになった唐十郎は、さらに一町ほど歩き、武家屋敷の築地塀の脇に身を寄せた。旗本の屋敷らしい。

唐十郎は築地塀の脇に立って、話の聞けそうな者が通りかかるのを待ったが、誰も姿を見せなかった。

それから半刻（一時間）ほど経ち、唐十郎が場所を変えようかと思い始めたとき、前方にふたりの中間らしい男の姿が見えた。ふたりは、何やら話しながら歩いてくる。

……あのふたりに、訊いてみるか。

唐十郎は、近くの屋敷に奉公する中間なら、西宮家のことも知っているのではないかと踏んだのだ。中間同士で、他家の噂《うわさ》をすることがあるだろう。

唐十郎はふたりの中間が近付くのを待って、

「しばし、待て」

と、声をかけた。

赤ら顔をした大柄な男が、足をとめ、

「あっしらですかい」

と、首を竦《すく》めて訊いた。もうひとりの面長の男は、上目遣《うわめづか》いに唐十郎を見ている。

「ちと、訊きたいことがある」

そう言って、唐十郎はふたりに身を寄せ、「歩きながらでいいぞ」と小声で言った。

唐十郎は、ふたりの中間と肩を並べて歩き、

「この先に、西宮という御家人の住んでいる屋敷があるのだが、知っているか」

と、通りの先を指差して訊いた。

「知ってやす」

赤ら顔の男が答えた。

「おれは、西宮どのと剣術道場で一緒だったのだ。今日、屋敷の近くに来たので寄ってみたのだが、留守らしい」

唐十郎は、適当な作り話を口にした。

ふたりの中間は、黙ったまま唐十郎と肩を並べて歩いている。

「それにな、ちかごろ、屋敷にいないことが多いらしいのだが、ふたりは西宮どのを目にしたことがあるか」

唐十郎が、ふたりに目をやって訊いた。

「ありやす」

大柄な男が言った。もうひとりの男は、黙したまま大柄な男に目をやっている。

「いつ見掛けた」

「昨日でさァ」

「昨日見たのか。それで、どこで見掛けた」

すぐに、唐十郎が訊いた。

「この通りを歩いているのを見やした」

「この通りで、見たのか」

唐十郎が訊き返した。

「そうでさァ」

「西宮どの、ひとりだったのか」

「三人で話しながら、歩いてやした」

「三人か。……それで、一緒に歩いていたふたりは、武士か」

「ふたりは、牢人のように見えやした」

大柄な男によると、西宮と一緒に歩いていたふたりは小袖を着流し、大刀を一本落とし差しにしていたという。

「牢人らしいな。……その三人は、西宮家の屋敷のある方にむかったのか」

「そうでさァ」

大柄の男は、唐十郎と離れたいかのような素振《そぶ》りを見せ、すこし足を速めた。唐十郎が、西宮のことを根掘り葉掘り訊くので不審を抱いたのかもしれない。

「手間を取らせたな」

唐十郎は大柄な男に声をかけて、足をとめた。これ以上、ふたりに訊くことはなかったのだ。

それから、唐十郎は通りかかった御家人ふうの武士や中間などに、それとなく西宮のことを訊いたが、新たなことは分からなかった。

7

唐十郎が西宮家の近くまでもどると、路傍で弥次郎と弐平が待っていた。

唐十郎は小走りで弥次郎たちに近付き、

「すまん、すまん、待たせてしまったようだ」

と、声をかけた。

「あっしらも、いま来たところでさァ」

弐平が言った。

「歩きながら話しますか」

弥次郎が言った。その場に立って三人で話していると、人目を引くと思ったらしい。

「そうだな」

唐十郎たちは、来た道を引き返した。

西宮家の屋敷の前を通り過ぎるとき、木戸門の近くに身を寄せて耳を立てたが、人声は聞こえなかった。かすかに、女が廊下を歩くような足音と着物の衣擦れの音が聞こえただけである。

「西宮は、屋敷に帰っていないようだ」

唐十郎が言い、板塀の側《そば》を通り過ぎた。

西宮家の屋敷から遠ざかったとき、

「おれが、聞き込んだことを話す」

と、唐十郎が言って、ふたりの中間から聞いたことを話した。

「西宮が、ふたりの牢人体の武士と歩いていたことは、それがしも聞きました」

弥次郎が言った。

「ふたりの牢人のことで、何か知れたことはないか」

唐十郎が訊いた。

「それがしが話を聞いたのは、御家人ふうの武士だったのですが、西宮たちは、剣術の話をしてたそうです」

「剣術か」

「その武士によると、西宮たちは一刀流の話をしていたようです」

弥次郎が語尾を濁した。はっきりしないようだ。

そのとき、唐十郎と弥次郎のやり取りを聞いていた弐平が、

「あっしが話を聞いた中間は、西宮が角田道場の名を口にしたのを耳にした、と言ってやしたぜ」

と、身を乗り出すようにして言った。

「西宮は、そのふたりと、角田道場で同門だったのかもしれん」

「それがしも、そんな気がします」

弥次郎が言った。

「それにしても、厄介《やっかい》だな」

唐十郎は、その牢人も相当な遣い手とみた。牢人たちが西宮に味方するとなると、唐十郎たちの敵になる。

唐十郎たちは、そんなやり取りをしながら、来た道を引き返した。今日は、このまま道場に帰るつもりだった。

陽は西の空にまわっていたが、まだ日差しは強かった。武家屋敷のつづく通りはひっそりとして、人影がすくなかった。御家人ふうの武士や中間などが、ときおり通りかかるだけである。

唐十郎たち三人は、前方に狩谷道場が見えるところまで来た。道場の近くに、人影はなかった。気合や木刀を打ち合う音が聞こえない。

「やけに、静かですぜ」

弐平が言った。

「そうだな」

唐十郎も、静か過ぎるのが気になった。道場内で稽古していれば、この辺りから木刀を打ち合う音や気合が聞こえるのだ。

「何か、あったかな」

唐十郎たちは、足を速めた。

道場に近付いても、稽古の音は聞こえなかった。ただ、道場内にだれかいるらしく、床を踏む足音がかすかに聞こえた。

唐十郎はしまっている板戸をあけ、土間に入ると、

「唐十郎だ。何かあったのか」

と、声をかけた。

すると、道場の戸口に近付いてくる足音がし、土間の先の板戸があいた。姿を見せたのは、松村だった。

松村は唐十郎や脇に立っている弥次郎を目にすると、ほっとした表情を浮かべ、

「桑兵衛さまやゆいどのたちは、道場内にいます」

と、声を上げた。

唐十郎は、すぐに板間に上がった。ともかく、桑兵衛やゆいたちから話を聞いてみようと思ったのだ。

唐十郎が板間から道場内に入ると、弥次郎と弐平もついてきた。

道場の師範座所のそばに、桑兵衛と小島の姿があった。ふたりは道場の床に腰を下ろしていた。ふたりとも負傷した様子はなかったし、衣装の乱れもなかった。

「何かありましたか」

唐十郎が桑兵衛たちのそばに近付いて訊いた。

「いや、何事もなかったがな。道場を出ることが、できなかったのだ」

桑兵衛がつづいて話したことによると、一刻（二時間）ほど前、ゆいと小太郎は稽古を終え、松村と小島と一緒に平松家の屋敷に帰ろうとしたという。

桑兵衛がそこまで話して口を閉じると、脇にいた小島が、

「それがしが道場から出ると、遠方に五、六人の武士の姿が見えました。そのなかに、西宮と青田の姿があったのです」

と、緊張した面持ちで言った。

「西宮たちは、何をするつもりだったのだ」

唐十郎が、驚いたような顔をして訊いた。

「道場を襲うとみました。それで、すぐに道場にもどり、桑兵衛さまたちに西宮たちのことを話したのです」

そう言って、小島は桑兵衛に目をむけた。

「おれはすぐに戸口に出て、西宮たちを見た。……武士は、六人いた。すでにそのなかに、袴の股立を取っている者もいてな。このまま戦いになったら、何人もの犠牲者が出ると踏んだのだ」

桑兵衛はすぐに道場にもどり、ゆいと小太郎を母屋に逃がしたという。そして、桑兵衛、松村、小島の三人で、西宮たちを迎え撃つために、道場の戸口に身を寄せたそうだ。

「板戸に、木刀をあてがってな、一か所しか戸が開かないようにしておいたのだ」

そこで桑兵衛は話すのをやめて、一息ついた。唐十郎たちは固唾《かたず》を呑《の》んで、桑兵衛の話を待っている。

「西宮たちは板戸を開けて、道場のなかに踏み込もうとした。ところが、戸が開かない。……六人のなかのひとりが、戸が一か所だけ開くのに気付いた」

そこまで話して、桑兵衛が一息ついたとき、

「戸を開けて、ひとり踏み込んできたのです。……その男の右腕に、お師匠が居合の抜き付けの一刀で斬りつけたのです」

と、松村が昂《たかぶ》った声で言った。

桑兵衛は、苦笑いを浮かべて松村に目をやっている。

「戸口に集まった敵は、驚いて身を退きました。そして、板戸から少し離れ、手にした刀を板戸の隙間から突き刺したのです。……われらは、板戸から離れていましたので、敵の切っ先から逃《のが》れることができました」

そう話して、松村はいっとき間を置いた後、

「板戸のむこうから西宮が、今日のところは身を退くが、ゆいも小太郎も生かしてはおかぬぞ、と言い置いて、道場から離れてゆきました」

と言い添えて身を退いた。

「何とか西宮たちを追い返したが、困ったことがあるのだ」

桑兵衛が言った。

「困ったこととは」

唐十郎が訊いた。

「ゆいと小太郎を、道場から帰すことができなくなった。暗闇のなかで、西宮たちに待ち伏せされたら、守りきれないからな」

桑兵衛は、困惑《こんわく》したような顔をしている。

次に口をひらく者がなく、道場内は重苦しい沈黙につつまれた。

「今夜、ゆいと小太郎は、母屋で寝てもらいましょう」

と、唐十郎が言った。

「それしかないな。……だが、平松家の者が心配するだろうな」

桑兵衛が眉を寄せた。

「それがしと小島で平松家に寄り、事情を話しましょうか」

松村が、小島に目をやって言った。すぐに、小島がうなずいた。

「それは、有り難い。明日、おれが平松家に、ゆいと小太郎を連れていく。……家の者に話しておきたいこともあるのでな」

桑兵衛が、唐十郎と弥次郎に目をやって言った。唐十郎たちも、同行させるつもりらしい。

第三章　父の敵《かたき》

1

早朝、唐十郎は母屋《おもや》で目を覚ました。庭に面した座敷の障子《しょうじ》が、朝日を浴びて白く輝いている。

……寝過ごしたか。

唐十郎は身を起こし、両手を突き上げて伸びをした。

唐十郎は布団《ふとん》から出ると、寝間着を脱ぎ、座敷の隅に置いてあった小袖《こそで》と袴《はかま》を身に着けた。そして、障子をあけて縁先に出た。

晴天だった。狭い庭に植えられた紅葉《もみじ》が、朝日を浴びて真紅《しんく》に輝いている。

唐十郎が縁先で思いきり伸びをしていると、下働きのとせが姿を見せた。

「若先生、朝餉《あさげ》の支度《したく》ができましたよ」

とせが、声をかけた。

とせは、五十代半《なか》ばだった。桑兵衛の妻のきよが十年ほど前に病《やまい》で亡くなった後、下働きとして来てくれていたのだ。

「奥の座敷か」

唐十郎が、とせに訊《き》いた。

奥の座敷といっても、母屋には三部屋しかない。昨夜は、ゆいと小太郎が奥の部屋に寝たので、寝具を片付けてから、朝餉の用意をしたのだろう。

「そうです。旦那さまやゆいさまたちも、いるはずですよ」

「すぐ行く」

唐十郎は、とせにつづいて奥の座敷にむかった。

奥の座敷には、ゆいと小太郎の姿があった。四人分の箱膳が用意してある。まだ、桑兵衛は来ていなかった。

それぞれ箱膳には、茶碗と汁の入った椀、それに薄く切ったたくあんを載せた小皿、豆腐とごぼうの煮染《にしめ》の入った小鉢もあった。煮染は、昨晩の残り物である。

今朝はふだんの朝餉と違って、菜が多かった。ゆいと小太郎のために、とせが奮発したのだろう。

御飯を入れた飯櫃《めしびつ》も、箱膳のそばに置いてあった。かすかに、湯気が立っている。今朝、炊いたものらしい。

「膳の前に、座ってくださいね」

とせがいつもと違う丁寧《ていねい》な物言いで、唐十郎たち三人に声をかけた。

唐十郎が箱膳を前にして腰を下ろすと、ゆいと小太郎も座った。

「旦那《だんな》さまを呼んできますね」

そう言い残し、とせは隣の部屋へむかった。

いっときすると、廊下を歩く足音がし、とせと桑兵衛が姿を見せた。桑兵衛は、小袖に角帯《かくおび》姿だった。

「すまんな。待たせたようだ」

桑兵衛は、すぐに自分の箱膳の前に腰を下ろした。

とせは、それぞれの箱膳の上に置いてあった茶碗に、飯櫃のなかの飯を盛り付けて、唐十郎たちの箱膳の上に置き、

「たくさん炊きましたから、御代わりをしてくださいよ」

と、声をかけた。

唐十郎は三杯、桑兵衛は二杯、御代わりをした。いつもより菜が多かったこともあるが、昨夕、夕餉をすこししか食べなかったので腹が減っていたのだ。

ゆいは御代わりをしなかったが、小太郎は一杯御代わりをした。小太郎も、腹が減っていたのだろう。

唐十郎たちは食べ終えると、とせが淹《い》れてくれた茶を飲んでから腰を上げた。そし

て、それぞれの座敷にいったん戻ってから、道場に入った。

唐十郎、桑兵衛、ゆい、小太郎の四人が道場に来てから半刻《はんとき》（一時間）ほどすると、松村と小島が姿を見せた。松村たちも、唐十郎たちと一緒に平松家の屋敷に行くことになっていたのだ。

「出かけるか」

桑兵衛が、男たちに声をかけた。

唐十郎は先に道場を出て、通りの左右に目をやった。西宮や青田の姿がないか、確かめたのである。

通りには、行き交う人の姿があったが、いずれも近くの住人と思われる者たちで、武士の姿は見当たらなかった。

「西宮たちは、いないようです」

唐十郎が、桑兵衛たちに声をかけた。

唐十郎たち六人は道場を出ると、御徒町通りに足をむけた。そして、御徒町通りに出て、北にむかった。桑兵衛以外は平松家の屋敷の前まで行ったことがあるので、その道筋は分かっていた。

唐十郎たちは武家屋敷のつづく通りを歩き、片番所付の長屋門を構えた旗本屋敷の前で足をとめた。ゆいたちの住む平松家の屋敷である。

すぐに、ゆいが番所にいる門番に声をかけた。すると、いっときして表門の脇のくぐりが開いた。

「ここから、入ってください」

と、ゆいが唐十郎たちに声をかけ、先にくぐりから入った。小太郎につづいて唐十郎たちも、くぐりから屋敷の敷地内に入った。

正面に、屋敷の玄関があった。式台があり、その先の狭い板間の右手が、廊下になっている。

「ここから、お上がりになってください」

ゆいが先にたって、廊下の奥にむかった。

ゆいが唐十郎たちを案内したのは、床《とこ》の間《ま》のある座敷だった。来客用の座敷らしい。

唐十郎たちが、座敷に腰を下ろすと、

「すぐに、母を呼んできます」

そう言い残し、ゆいが座敷から出ていった。小太郎は座敷に残り、殊勝《しゅしょう》な顔をして桑兵衛の脇に座っている。

ゆいが、座敷から出ていっていっときすると、四十がらみと思われる武家の女が、ゆいと一緒に姿を見せた。ゆいと小太郎の母親らしい。顔がやつれていたが、どことなく姉弟に似ている。

ゆいの母親らしい女は、廊下に近い下座《しもざ》に座ると、

「しのと申します。小太郎とゆいの母でございます」

しのはそう言って、桑兵衛たちに頭を下げた後、

「小太郎とゆいがお世話になっているのに、挨拶《あいさつ》にも伺《うかが》わず、まことに申し訳ございません」

と、涙声で言い添えた。

「そのような御懸念《ごけねん》は、無用でございます。それがしは町道場をひらいておりまして、小太郎どのとゆいどのは門弟とみて、指南しております」

桑兵衛は、丁寧な物言いをした。

「し、主人が、あのようなことになりまして……。うろたえ、悲しみに沈んでおりました。そのようなときに、ゆいと小太郎が、主人の敵《かたき》を討《う》ちたいと言い出したのです」

しのは涙声で言った後、視線を膝先に落として、突き上げてくる嗚咽《おえつ》にいっとき耐

えていたが、

「お、伯父《おじ》から、このままでは、殺された主人が浮かばれないと言われ、ゆいと小太郎に、敵討ちを許したのです。その伯父から、お上に敵討ちの届け出もしてあります」

と、言い添えた。

桑兵衛はいっとき間を置いてから、

「つかぬことをお伺いしますが、平松家はどうなります」

と訊いた。当主の亡き後、平松家をだれが継ぐのか知りたかったのだ。

「小太郎に、継がせます。まだ子供ですが、一年ほどしたら元服《げんぷく》させて、平松家を継がせたいと考えております。そのことも、伯父が心配してくれています。家を継ぐ前に、主人の敵が討てるといいのですが……」

しのは、語尾を濁《にご》した。敵討ちがなまやさしいことではないと分かっているようだ。それに、まだ子供ともいえる姉弟である。

「心得ました。ゆいどのと小太郎どのは門弟ですから、父の敵を討てるよう、われらもできるかぎりのことをいたします」

桑兵衛が言うと、脇に座していた唐十郎もうなずいた。

2

唐十郎たちが平松家の屋敷に出かけた翌日、ゆい、小太郎、松村、小島の四人が道場に姿をみせた。

松村と小島は、姉弟《きょうだい》の身を守るために同行したらしい。

「ゆい、小太郎、父の敵を討つための稽古《けいこ》を始めるぞ」

桑兵衛が、ふたりに声をかけた。

「はい！」

と、小太郎が応《こた》え、道場の隅にいって支度《したく》を始めた。支度といっても、稽古着や胴や面などの防具を身につける必要がないので、襷《たすき》で両袖を絞り、袴の股立《ももだち》を取るだけである。ゆいも、着物の裾《すそ》を帯に挟んで、襷をかけた。

「おれたちは、西宮と青田を探りに行きますか」

弥次郎が、唐十郎に訊いた。弥次郎も、道場に来ていたのだ。

「どうだ、もうひとりの腰物奉行の田沼弥之助を探ってみないか。評判だけでも、聞いてみたいのだ」

唐十郎が言った。西宮と青田は腰物方で、田沼と関わりがあったことをゆいから聞いていた。

「田沼の名が出てこないと、かえって気になりますね」

弥次郎が言った。

「田沼の屋敷だが、どこにあるか聞いているか」

「聞いてませんが」

「ゆいと小太郎に、訊いてみるか」

唐十郎は、身支度を終えたゆいと小太郎に足をむけた。弥次郎は、唐十郎の後についてきた。

「ゆい、訊きたいことがあるのだがな」

唐十郎が声をかけた。

「何でしょうか」

ゆいは、懐剣《かいけん》を手にしている。これから、小太郎と一緒に稽古するようだ。

「そなたの父は、腰物奉行だったな」

唐十郎が、念を押すように訊いた。

「はい」

「もうひとりの腰物奉行は、田沼弥之助という名だな」

「そうです」

「西宮は、田沼の配下と聞いたが」

「はい、父からそう聞いたことがあります」

「おれたちは、西宮のことを探っているのだが、田沼のことも調べてみたいのだ。調べるといっても、われらは目付筋ではないから、たいしたことはできない。……評判だけでも、聞いてみたいのだ」

唐十郎が言うと、ゆいがちいさくうなずいた。

「田沼の屋敷が、どこにあるか知っているか」

「父から、下谷にあると聞いたことがあります」

「下谷のどこかな」

唐十郎が訊いた。下谷は広い町だった。下谷と分かっただけでは、探しようがない。

「下谷の長者町《ちょうじゃまち》の近くと聞きました」

「長者町の何丁目かな」

長者町は町人地で、一丁目から二丁目まである。長者町と分かっただけでは、やはりまだ探すのが難しい。

「一丁目の近くと、聞きました」

「そうか」

唐十郎は、一丁目に行って、土地の者に訊けば分かるだろうと思った。

「小太郎、ゆいといっしょに稽古か」

唐十郎が、小太郎に目をやって言った。

「はい！」

小太郎が声高《こわだか》に言い、そばにいたゆいは、顔を引き締めてうなずいた。

「ふたりとも、稽古に励《はげ》めよ」

唐十郎は小太郎とゆいに声をかけ、弥次郎とふたりで道場を出た。

ふたりは御徒町通りに出て、いっとき北にむかって歩いた。そして、大きな十字路に突き当たると、左手に折れた。その通りを西にむかってしばらく歩けば、下谷長者町の近くに出られるはずだ。

唐十郎たちが、武家地のつづく通りをしばらく歩くと、右手に町人地が見えてきた。その地が、下谷長者町一丁目である。

唐十郎たちは長者町に入る手前で、通りかかったふたりの中間《ちゆうげん》に声をかけた。ふたりに、田沼家の屋敷がどこにあるか、訊いてみようと思ったのだ。

「ちと、訊きたいことがある」

唐十郎が、三十がらみと思われる中間に声をかけた。もうひとりは若く、二十歳《はたち》前後に見えた。

「何です」

年上の中間が、戸惑《とまど》うような顔をして訊いた。いきなり、見ず知らずの武士に声をかけられたからだろう。

「この近くに、田沼弥之助どのの屋敷があると聞いて参ったのだがな。田沼どのの屋敷はどこにあるか、知っているか」

唐十郎が、田沼の名を出して訊いた。

年上の中間は、首を捻《ひね》っていたが、

「おめえ、知ってるかい」

と、脇に立っている若い中間に訊いた。

「田沼さまというお武家さまのお屋敷が、一丁目にあると聞きやした」

若い中間が答えた。

「一丁目のどこだい」

年上の中間が訊いた。

「栄屋《さかえや》ってえそば屋の斜向《はすむ》かいにあると聞いた覚えがありやすぜ」

そのとき、ふたりの中間のやり取りを聞いていた唐十郎が、

「栄屋の場所は、行けばすぐに分かるのか」

と、脇から訊いた。

「一丁目に突き当たって、すぐでさァ。栄屋は二階もある大きな店《たな》だから、すぐに分かりやすぜ」

若い中間が言った。

「手間を取らせたな」

唐十郎が声をかけ、弥次郎とともに、ふたりの中間から離れた。

唐十郎たちは、表通りを下谷長者町にむかって歩いた。

武家地の通りをしばらく歩くと、通りの右手に町人地が見えてきた。店や小体《こてい》な家などが、ごてごて続いている。行き交う人も、武士ではなく町人が目につくようになった。

唐十郎たちは町人地に入る前に、通りかかった職人ふうの男に、ここが長者町かどうか訊いてみた。

「通りの右手にひろがっている町が、長者町一丁目でさァ」

職人ふうの男が、町の家並《やなみ》を指差して言った。

「栄屋というそば屋を知っているか」

さらに、唐十郎が訊いた。

「知ってやすよ」

「店がどこにあるか、教えてくれ」

「長者町に入《へえ》ったら、訊いてみてくだせえ。土地の者なら、知ってるはずでさァ」

職人ふうの男は唐十郎たちに頭を下げてから、その場を離れた。

「行ってみよう」

唐十郎が声をかけ、弥次郎とふたりで長者町にむかった。

唐十郎たちは町人地に入ると、通り沿いの店に目をやったが、そば屋らしい店は見当たらなかった。

「それがしが、訊いてきます」

弥次郎がそう言い残し、通り沿いにあった八百屋《やおや》に立ち寄った。

弥次郎は、八百屋の親爺《おやじ》と何やら話していたが、すぐにもどってきた。

「分かりました。通りをすこしもどって、武家地と町人地の境にある道に入ると、すぐに栄屋はあるそうです」

「行ってみよう」

唐十郎たちは、来た道をすこしもどり、町人地と武家地の境にある右手の通りに入った。通りの左手が町人地で、右手が武家地になっていた。武家地には、御家人や旗本屋敷がつづいている。

「そこに、そば屋があります」

弥次郎が、町人地にある二階建ての店を指差して言った。店先の掛看板に「そば、酒、栄屋」と書いてあった。

3

「あの屋敷だな」

唐十郎が指差した。栄屋と道を隔《へだ》てた斜向かいに、築地塀《ついじべい》を巡らせた武家の屋敷があった。大身《たいしん》の旗本らしく、敷地が広かった。

「ここは、屋敷の裏手だ」

唐十郎が言った。通りに面しているのは、屋敷の築地塀だった。ちいさな裏門があったが、屋敷の表門は別の場所にあるのだろう。屋敷の主は、町人地との境にある道に面して表門があるのを嫌ったのかもしれない。

「塀の脇に、屋敷の表にまわる道があります」

弥次郎が指差して言った。

見ると、屋敷の築地塀の脇に道があった。そこが、屋敷に出入りする道らしい。

「ここだな」

唐十郎が、塀の脇の道に目をやって言った。

「入ってみますか」

弥次郎が言った。

「待て、下手に踏み込んだら、屋敷の者の目にとまるぞ。……近所の屋敷に奉公している若党か中間にでも訊いて、様子を摑《つか》んでからだな」

狭い場所で、田沼家に仕《つか》える侍《さむらい》や若党などに襲われたら逃げられない、と唐十郎は思った。

唐十郎と弥次郎は栄屋のそばの路傍《ろぼう》に立って、田沼家の屋敷から話の聞けそうな者が出てくるのを待った。

唐十郎たちは、一刻（二時間）近くも待ったが、屋敷の脇の道から出てくる者はいなかった。

「出直しますか」

弥次郎が言った。顔に疲労の色がある。今日はだいぶ歩いたので、その疲れもあるようだ。

「そうだな」

唐十郎は、今日のところは帰ろうと思い、来た道に目をやった。そのとき、弥次郎が身を乗り出すようにして、

「誰か、出てきました」

と、昂《たかぶ》った声で言った。

見ると、屋敷の脇の道から中間らしい男がふたり、何やら話しながら通りの方へ歩いてくる。

「あのふたりに、訊いてみよう」

唐十郎が言った。

唐十郎と弥次郎は、中間が栄屋の前の通りに出るのを待った。そして、ふたりが唐十郎たちの前を通り過ぎてから、足早に近付いた。

「ちと、訊きたいことがある」

唐十郎が、後ろからふたりの男に声をかけた。弥次郎は、唐十郎からすこし間を取って歩いてくる。

「あっしらですかい」

大柄な男が、唐十郎に訊いた。

「そうだ。……おまえたちが、田沼さまのお屋敷から出て来たのを目にしてな。訊いてみたいことがあるのだ」

「何です」

大柄な男の顔に、警戒の色があった。もうひとりの赤ら顔の男も、探るような目をして唐十郎を見ている。

「おれは腰物方にいたとき、田沼さまに世話になった者だ」

唐十郎が、ふたりの中間を信用させるために腰物方の肩書を持ち出した。

「そうですかい」

大柄な男の顔から、警戒の色が消えた。腰物方と聞いて、屋敷の主の田沼弥之助と繋《つな》げたのだろう。

「田沼さまは、お屋敷におられるか」

唐十郎が訊いた。

「おられます。今日は、早目にお帰りになったようで」

「そうか。田沼さまは、いまお忙しい身だからな」

唐十郎はそう言った後、

「同じ腰物奉行だった平松さまを知っているか」

と、平松の名を出して訊いた。

「噂《うわさ》には、聞いたことがありやす」

大柄な男が言った。

「最近、平松さまは亡くなられたそうだ」

唐十郎が、しんみりした口調で言った。

「あっしも、そんな話を聞きやした」

赤ら顔の男が、脇から口を挟んだ。

唐十郎は、いっとき間を置いてから、

「腰物方の西宮どのと青田どのも、田沼さまのお屋敷に来ることがあるのではないか」

と、西宮と青田の名を出して訊いた。

「おふたりは、時々、お屋敷に見えますよ」

すぐに、赤ら顔の男が言った。

「そうだろうな。ふたりは、田沼さまの配下だからな」

「そう聞いてやす」

「西宮どのと青田どのは、田沼さまのお指図《さしず》で動いているのではないか」

唐十郎は、西宮と青田の背後に田沼がいるのではないかと思って、そう訊いたのだ。

「あっしら中間には、分からねえ」

大柄な男が素っ気《そっけ》なく言うと、急に足を速めた。赤ら顔の男も慌《あわ》ててつづき、逃げるように唐十郎たちから離れた。ふたりは、唐十郎が根掘り葉掘り訊くので、田沼のことを探っていると思ったようだ。

「逃げられたか」

唐十郎は、路傍に足をとめて苦笑いを浮かべた。

それから、唐十郎と弥次郎は栄屋のそばの路傍に立って、話の聞けそうな者が出て来るのを待ったが、姿を見せなかった。

「今日のところは、これまでにするか」

唐十郎が弥次郎に声をかけ、踵《きびす》を返した。このまま、狩谷道場にもどるつもりだった。

4

「青田、あのふたり、狩谷道場の者ではないか」

西宮が、唐十郎たちの後ろ姿を指差して言った。

西宮と青田は、田沼家の屋敷から通りに出ようとしたとき、唐十郎たちの姿を目にしたのだ。

「そうらしいな」

青田も、唐十郎たちの後ろ姿を見つめている。

「この屋敷を探っていたのではないか」

西宮が言った。

「跡をつけるか」

「いい機会だ。ふたりを襲って仕留《しと》めるか。そうすれば、狩谷道場のやつらもおれたちに、手が出せなくなる」

「仇討《あだう》ちも終わりか」

青田の口許《くちもと》に薄笑いが浮いた。

「青田、屋敷にいる者たちの手を借りよう。あのふたりは、小宮山流居合の遣《つか》い手《て》とみていい」

西宮が言った。

「呼んでくる」

すぐに、青田が屋敷にもどった。

いっときすると、青田は三人の武士を連れてもどってきた。いずれも、田沼家に奉公している若党だった。

「手を貸してくれ。あのふたりは、田沼さまの命を狙っている者たちなのだ」

西宮が、唐十郎たちを指差して言った。

「殿のお命を狙っているだと！」

大柄な男が、驚いたような顔をした。

「おれたちの手で、討ち取ろう」

西宮が言った。

「承知した」

大柄な男が言うと、一緒に屋敷から出てきたふたりも、その気になったらしく、通りにむかった。

西宮たち五人は、通りに出て唐十郎たちの跡を追った。

唐十郎と弥次郎のふたりは来た道を引き返し、武家屋敷のつづく通りに出ると、東に足をむけた。いったん御徒町通りに出てから、狩谷道場に帰るつもりだった。通りは供連れの武士や中間などが通りかかったが、武家地のため、町人の姿はほとんど見掛けなかった。

前方に御徒町通りが近付いてきたとき、弥次郎が背後を振り返り、

「後ろからくる三人、おれたちを尾《つ》けているようです」

と、唐十郎に言った。

「気付いている」

唐十郎は、武家地に入ってしばらく歩いたとき、背後から来る三人の武士を目にしたのだ。

「何者ですか」

「分からぬ」

唐十郎は、西宮たちとかかわりのある者ではないかと思ったが、三人とも見覚えはなかった。

「おれたちの行き先を、つきとめるつもりでしょうか」

弥次郎がつぶやいた。

そのときだった。通りの先の武家屋敷の築地塀の陰から、ふたりの武士が姿をあらわした。

「西宮と青田だ！」

思わず、唐十郎が声を上げげた。

西宮と青田は通りに出ると、足早に唐十郎たちにむかってきた。

「後ろの三人も、走ってくる！」

弥次郎が、背後を振り返って言った。

「挟《はさ》み撃《う》ちか！」

唐十郎は、周囲に目をやった。逃げ場を探したのである。近くに旗本屋敷があり、通り沿いに築地塀がつづいていた。

「あの塀を背にするぞ！」

唐十郎は、築地塀にむかって走った。弥次郎も後につづいた。

唐十郎と弥次郎は、築地塀を背にして立った。背後から攻撃されるのを防ぐためである。

そこへ、西宮と青田、それに三人の武士が、ばらばらと走り寄り、唐十郎たちの左右にまわった。

唐十郎の前に立ったのは、西宮だった。

「狩谷、観念しろ！」

西宮は、刀の柄《つか》に右手を添えた。

弥次郎の前に立ったのは、青田だった。青田も刀の柄に手をかけている。他のふたりの武士は、唐十郎の右手と弥次郎の左手にまわり込んだ。残るひとりは西宮からすこし間をとって、背後に立っている。

「西宮、平松さまを襲ったのは、うぬと青田だな」

唐十郎が、西宮を見据《みす》えて言った。

「知らぬ」

西宮が、嘯《うそぶ》くように言った。

「だれの指図で、平松さまを手にかけた」

唐十郎が、語気を強くして訊いた。

「問答無用！」

叫びざま、西宮が抜刀《ばっとう》した。

すかさず、唐十郎は左手で刀の鞘《さや》の鯉口《こいぐち》近くを握《にぎ》り、右手を柄に添えて腰を沈めた。居合の抜刀体勢をとったのである。

「居合か！」

西宮はすこし身を退き、青眼《せいがん》に構えると切っ先を唐十郎の目にむけた。

……遣い手だ！

唐十郎は察知した。

西宮の構えには、隙《すき》がなかった。青眼に構えた刀の切っ先が、ぴたりと唐十郎の目にむけられている。

西宮の顔にも、驚きの色があった。唐十郎の居合の抜刀の構えには隙がないだけでなく、眼前に迫ってくるような威圧感があったからだ。

5

唐十郎と西宮の間合は、およそ二間半――。真剣勝負の立ち合いの間合としては、すこし近かった。

居合は敵と向き合って抜刀体勢をとったとき、切っ先を相手にむけていない。その刀身の長さだけ、相手との間合が狭《せば》まることが多いのだ。

西宮は八相《はっそう》に構え直したが、すぐに刀身を倒して、切っ先を後方にむけた。

……刀身が見えない！

唐十郎の目に、西宮の刀身が見えなくなった。見えるのは、刀の柄頭《つかがしら》と柄を握った両拳《りょうこぶし》である。

唐十郎は、間合が読みにくくなった。敵の手にした刀の切っ先で、間合を読むことができないからだ。

「首薙《くびな》ぎの太刀《たち》」

西宮が、唐十郎を見据えて言った。

「首薙ぎの太刀だと！」

そのとき、唐十郎の脳裏《のうり》に、平松の死体の有り様が過《よぎ》った。平松は、首を横に斬られて横たわっていたのだ。

「やはり、平松どのを斬ったのは、おぬしだな」

唐十郎が、居合の抜刀体勢をとったまま言った。

「問答無用！」

西宮は、刀身を倒した構えのまま趾《あしゆび》を這《は》うように動かし、ジリジリと間合を狭めてきた。対する唐十郎は、居合の抜刀体勢をとったまま動かなかった。西宮が、居合の抜刀の間合に近付いてくる。

……あと、一歩！

唐十郎が、居合の抜き付けの間合まで、あと一歩と読んだとき、ふいに西宮の寄り身がとまった。西宮は唐十郎の隙のない抜刀体勢を見て、このまま踏み込むのは危険だと思ったのかもしれない。

イヤアッ！

突如《とつじょ》、西宮が裂帛《れっぱく》の気合を発した。気合で唐十郎の気を乱し、抜刀の構えをくずそうとしたらしい。

だが、気合を発したことで、西宮の構えがくずれた。

この一瞬の構えのくずれを、唐十郎は見逃さなかった。

ツツッ、と足裏を擦《す》って踏み込み、タアッ！　という鋭い気合とともに抜き付けた。シャッ、という刀身の鞘走るような音がし、稲妻《いなずま》のような閃光《せんこう》が袈裟《けさ》にはしった。

咄嗟《とっさ》に、西宮は身を退いたが、間に合わなかった。

ザクリ、と西宮の肩から胸にかけて小袖が裂《さ》けた。だが、露《あら》わになった肌に血の色はなかった。斬られたのは、小袖だけである。

「居合が抜いたな！」

西宮は、ふたたび八相の構えから刀身を倒して、切っ先を後方にむけた。首薙ぎの太刀の構えである。

唐十郎は刀を鞘に納めて、抜刀体勢をとる間がなかった。やむなく、脇構えにとって、腰を沈めた。その構えから、居合の抜刀の動きで敵に斬りつけるのだ。


このとき、弥次郎は青田と対峙《たいじ》していた。

弥次郎と青田との間合は、二間半ほどだった。弥次郎は居合の抜刀体勢をとり、青田は青眼に構えていた。

青田も遣い手らしく、構えに隙がなかった。弥次郎にむけられた剣尖《けんせん》には、そのまま眼前に迫ってくるような威圧感がある。

弥次郎の左手には、もうひとりの武士の姿があった。武士は八相に構えていたが、弥次郎から大きく間合をとっている。この場は、青田に任せる気のようだ。

「いくぞ！」

青田が先に仕掛けた。青眼に構えたまま、斬撃《ざんげき》の気配を見せて、ジリジリと間合を狭めてくる。

弥次郎は、居合の抜刀体勢をとったまま動かなかった。抜き付けの一刀がとどく間合に、青田が踏み込んでくるのを待っている。

ふいに、青田の寄り身がとまった。このまま踏み込むと、弥次郎の抜き付けの一撃を浴びるとみたのかもしれない。

そのとき、左手にいた武士が八相に構えたまま、踏み込んできた。八相から斬り込んでくる気配がある。

弥次郎は左手から身を寄せてきた武士に気をとられ、抜刀の構えをくずした。この一瞬の隙を、青田がとらえた。

タアッ！

鋭い気合とともに、青田が斬り込んできた。

青眼から真《ま》っ向《こう》へ――。

刹那《せつな》、弥次郎の全身が躍動し、閃光が袈裟に疾った。弥次郎が、居合で抜刀したのだ。

次の瞬間、甲高《かんだか》い金属音がひびき、ふたりの刀身が弾《はじ》き合った。弥次郎は一歩身を退き、素早く脇構えにとった。

青田はふたたび青眼に構えて、切っ先を弥次郎にむけた。

弥次郎は刀身を鞘に納める間がなかったので、青眼に構えたが、その切っ先がかすかに震えていた。肩に力が入り過ぎているのだ。

「勝負、あったな」

青田が薄笑いを浮かべて言った。

弥次郎は青田との間合を取ろうとしたが、背後に築地塀があって退《さ》がれない。

このとき、唐十郎は西宮と対峙していたが、

……このままでは、おれも弥次郎も斬られる！

と、みた。そして、素早く通りの左右に目をやった。

通りの一町ほど先に、馬に乗っている武士の姿が見えた。裃《かみしも》姿である。旗本らしい。従えている者たちのなかに、中間や草履《ぞうり》取りなどの他に、数人の侍の姿もあった。七百石ほどの旗本らしい。

唐十郎は西宮に体をむけたまま、

「辻斬りでござる！　この者たちは、辻斬りでござる！」

と、大声で叫んだ。

その声で、馬上の武士が唐十郎たちに顔をむけ、供の者たちに何やら声をかけた。

　すると、供の侍たちが駆け寄ってきた。

　これを見た西宮は、顔をしかめたが、

「退け！　退け！」

　と、仲間たちに声をかけた。

　西宮につづいて青田が、近付いてくる武士たちとは反対の方向にむかって走りだした。逃げたのである。

　唐十郎と弥次郎は手にした刀を鞘に納めた。侍たちが近付いてくると、

「助かりました。……あの者たちは柳原通りを巣にし、辻斬りを働いている者たちです。われらふたりを襲い、刀と懐《ふところ》の物を奪おうとしたのです」

　と、唐十郎が言った。

「そういえば、柳原通りで、幕臣が辻斬りに斬られたという噂を耳にしたことがある」

　年配の侍が言った。

　唐十郎は駆け付けた侍たちに礼を言った後、馬上の武士にも顔をむけ、深く頭を下げた。

　騎馬の武士が供を連れて立ち去ると、唐十郎は、

「迂闊《うかつ》に、西宮たちを探れないな」

　そう言って、弥次郎とともに狩谷道場にむかった。

6

　狩谷道場には、四人の男の姿があった。

　唐十郎と弥次郎、それに道場にいた桑兵衛と弐平である。ゆいと小太郎は、松村と小島と一緒に自邸にもどり、道場にはいなかった。

　唐十郎たちは、師範座所のそばに腰を下ろしていた。

「ここに来る前、西宮たちに襲われました」

　唐十郎はそう切り出し、下谷長者町の一丁目近くにある田沼家の屋敷を見張ったことから、帰りに西宮たちに襲われたときの様子を話した。

「危うかったな。西宮と青田は、なかなかの遣い手のようだからな」

　桑兵衛が言った。

「そうかといって、このままにしておいたら、西宮たちの思う壺《つぼ》です。それに、西宮たちが辻斬りの仕業《しわざ》に見せて、平松どのを斬ったことも、曖昧《あいまい》になってしまう」

唐十郎が言うと、その場にいた桑兵衛たち三人がうなずいた。

次に口をひらく者がなく、道場内は重苦しい沈黙につつまれたが、

「それに、おれたちだけでなく、ゆいと小太郎も狙うぞ」

桑兵衛が、語気を強くして言った。

「何とかしないと」

そう呟《つぶや》いた後、唐十郎は虚空《こくう》に目をとめて黙考していたが、

「やはり、こちらから攻めましょう」

と語気を強くして言った。

「どうするのだ」

桑兵衛が訊いた。

「西宮たちと一緒におれたちを襲った田沼家に仕える家臣たちも、事情を知っているはずです。まず、ひとり捕らえて、西宮が平松どのを斬ったかどうかはっきりさせ、背後にいる田沼の陰謀も聞き出すのです」

唐十郎は、西宮が平松を斬ったと確信していたが、ゆいと小太郎にもそのことを知らせたかったのだ。

「おれも、行こう」

桑兵衛が、身を乗り出すようにして言った。

「ゆいと小太郎は、どうします」

唐十郎が訊いた。

その場にいた弥次郎と弐平も、桑兵衛に目をむけている。

「連れていく。……ゆいたちを道場に置いておくわけにはいかないし、おれとゆいたちだけ、道場にとどまることもできぬ」

桑兵衛が言った。

「道場で、何かありましたか」

唐十郎が訊いた。

「弐平から、話してくれ」

そう言って、桑兵衛が弐平に目をやった。

「このところ二度、二本差しが、道場の様子を窺《うかが》っているのを目にしたんでさァ」

弐平が言った。

すると、桑兵衛が話の後を取って、

「道場が手薄になったとき、襲うつもりらしい。相手の人数によっては、ゆいと小太郎を守りきれない」

めずらしく、桑兵衛の顔に憂慮《ゆうりょ》の色があった。

唐十郎は胸の内で、道場にゆいと小太郎を残して出歩くのはたしかに危険だ、と思った。弥次郎も同じ思いらしく、顔を厳しくして虚空を睨《にら》むように見据えている。

「ゆいと小太郎も、連れて行きましょう」

唐十郎が、その場にいた男たちに目をやって言った。


翌朝、いつものように、ゆいと小太郎が道場に姿を見せた。松村と小島も一緒である。四人が道場に入ると、すぐに、

「ゆいたちに、話がある」

桑兵衛が言って、昨日、唐十郎たちと話したことをかいつまんで伝えた。

「狩谷さまたちと一緒に、行きます」

ゆいはそう言った後、「父の敵を討つための稽古は、しないんですか」と、小声で訊いた。

「いや、稽古は、これまでどおりつづける。……ゆいと小太郎が一緒に道場を出るのは、唐十郎たちが出かけるときだけだ。それに、道場内で敵を討つわけではない。敵を討つためには、ここを出て敵を探さねばならないのだ」

桑兵衛が言うと、

「はい」

すぐに、ゆいが答えた。小太郎も、顔を引き締めて頷《うなず》いた。

その日、唐十郎、弥次郎、桑兵衛、ゆい、小太郎の五人は道場を出ると、下谷長者町近くにある田沼屋敷にむかった。事情を知っていそうな田沼家に仕える家臣を捕らえて、話を訊くためである。

ゆいと小太郎を同行したのは、道場以外で剣をふるうことに慣れるためでもあった。

松村と小島も一緒に道場を出たが、ふたりは途中で別れ、平松家の屋敷にもどった。七人で行くと、人目を引いて、事前に西宮たちに気付かれる恐れがあった。

唐十郎たちは田沼家の屋敷付近まで行くと、栄屋というそば屋の近くに集まった。そこは、以前、田沼家の屋敷を見張った場所である。

ただ、五人で固まって立っていると人目を引くので、唐十郎たちはすこし離れて立つことにした。

唐十郎のそばに弥次郎が立ち、栄屋からすこし離れた場所にあった下駄屋の脇に、桑兵衛、ゆい、小太郎の三人が立った。桑兵衛たち三人は、親子のように見える。

それから、半刻（一時間）ほど経ったが、田沼家の屋敷から、だれも出てこなかった。屋敷は、ひっそりとしている。

7

「出てきた！」

弥次郎が指差した。

見ると、田沼家の屋敷をかこった築地塀の脇に、ふたりの武士の姿が見えた。そこに、屋敷から通りに出る小径《こみち》がある。

ふたりは、田沼家に仕える若党らしかった。何やら話しながら、唐十郎たちのいる表通りの方に歩いてくる。

「あのふたりを捕らえますか」

弥次郎が、身を乗り出して言った。

「ひとりでいい。……それに、この通りで捕らえようとすると、大騒ぎになるぞ」

唐十郎は、ふたりの行き先を見てから仕掛けようと思った。

ふたりの武士は表通りに出ると、都合よく左右に分かれた。

「年配の男を押さえよう」

唐十郎が言った。

三十過ぎと思われる武士が左手にむかい、まだ二十歳前後と思われる武士は、右手にむかって歩きだしたのだ。

唐十郎と弥次郎は栄屋の近くから通りに出ると、年配の武士の跡をつけ始めた。そして、下駄屋の脇にいた桑兵衛、ゆい、小太郎の三人に、後ろから来るよう、手で合図した。

桑兵衛たち三人は、唐十郎たちからすこし離れ、通行人を装ってついてくる。

前を行く武士が向かうその通りは、御徒町通りにつづいている。その辺りは武家地で、通り沿いには旗本や御家人の屋敷が並び、通りかかるのは、供連れの武士や中間などが多かった。

唐十郎は、前方に御徒町通りが見えてきたところで、

「仕掛けるぞ！」

と、弥次郎に声をかけた。そして、背後からくる桑兵衛たちには、手で合図した。

唐十郎と弥次郎は小走りになって、前を行く武士に近付いた。

武士が足をとめて、振り返った。唐十郎たちの足音を耳にしたらしい。

武士は逃げなかった。唐十郎たちが、何者か分からなかったからだろう。

「しばし、しばし、お訊《たず》ねしたいことがござる」

唐十郎が声をかけ、武士の正面にまわり込んだ。すると、弥次郎が素早い動きで、武士の背後に身を寄せた。

「な、何を訊きたい」

武士が声をつまらせて言った。前後に立ったふたりの武士は、ただの通行人ではない、とみたのだろう。

「ここでは、話せないのでな。一緒に、来てもらいたい」

唐十郎が、武士を見据えて言った。

「おぬしら、何者だ！」

武士は叫びざま、刀の柄に右手を添えた。

すると、弥次郎が素早い動きで抜刀し、背後から切っ先を武士の頬《ほお》に近付け、

「動けば、突き刺す」

と、低い声で言った。

武士は恐怖に目を剝《む》き、凍り付いたようにその場につっ立った。

「一緒に来てもらう」

唐十郎が言った。

「ど、どこへ、行くのだ」

武士が、声を震わせて訊いた。

「近くだ。……おとなしくしていれば、手荒なことはせぬ」

唐十郎と弥次郎が武士とやり取りをしているところに、桑兵衛たち三人が背後から近付いてきた。そして、三人は捕らえた武士から、四、五間離れたところで足をとめた。この場は、唐十郎たちに任せる気らしい。

「行くぞ」

唐十郎が弥次郎に声をかけた。唐十郎は、いつでも武士を斬れるように刀の柄に手をかけている。

武士は蒼褪《あおざ》めた顔で、唐十郎たちと一緒に歩きだした。


唐十郎は武士を道場内に連れ込んで座らせてから、武士の前に立った。弥次郎が武士の脇に立ち、桑兵衛は唐十郎の背後に身を退いている。

ゆいと小太郎は、師範座所の近くに立っていた。離れた場所から、唐十郎たちに目をやっている。

「ここは、狩谷道場だ。……話を聞いたことがあろう」

唐十郎が、武士を見据えて訊いた。

武士は無言のまま、蒼褪めた顔で虚空に目をやっている。

「おぬしの名は」

唐十郎が、語気を強くして訊いた。

武士は戸惑《とまど》うような顔をしたが、

「ひ、平岡仙次郎《ひらおかせんじろう》……」

小声で、名乗った。

「田沼家に仕える者だな」

唐十郎が訊くと、平岡は無言でうなずいた。隠すようなことではない、と思ったのだろう。

「田沼家の屋敷には、腰物方の西宮弥三郎と青田源之助が出入りしているな」

唐十郎が、ふたりの名を出して訊いた。

平岡は戸惑うような顔をしていたが、無言のまますちいさくうなずいた。

「ふたりは、田沼の配下なのか」

「そ、そうだ。ふたりとも、腰物方だからな。腰物奉行であられる田沼さまの命《めい》を受けて、仕事に当たるのは当然のことだ」

平岡が言った。

唐十郎は、いっとき虚空を睨むように見据えていたが、

「その腰物方の西宮と青田が、腰物奉行の平松さまを襲って殺したのは、どういうわけだ」

と、語気を強くして訊いた。

まだ、西宮と青田が、平松八右衛門を殺したとは断定できないが、唐十郎は、ふたりで平松を襲い、西宮が首薙ぎの太刀で斬ったとみていたのだ。

「し、知らぬ」

平岡の声が震えた。

「田沼家に奉公し、西宮たちと顔を合わせているおぬしが、知らぬはずはない」

唐十郎が、語気を強くして言った。

「……」

平岡は、口をつぐんでいる。顔が蒼褪め、体の顫《ふる》えが激しくなってきた。

「痛い目にあわせねば、話す気になれぬか」

唐十郎は腰の脇差《わきざし》を抜いて、切っ先を平岡の頬につけた。そして、すこし引いた。

ヒッ、と悲鳴を上げて、平岡が首をすくめた。

平岡の頰に血の線がはしり、赤い筋を引いて流れた。

「次は首を落とす」

唐十郎は、手にした脇差の切っ先を平岡の首筋に付け、

「西宮は、なぜ平松さまを斬った」

と、平岡を見据えて訊いた。

「た、田沼さまの思いのままに、腰物奉行の仕事をするためだと聞いた」

平岡が、声を震わせて言った。

「それだけではあるまい。……それに、平松さまがいなくなっても、新たな腰物奉行が赴任《ふにん》するはずだぞ」

唐十郎が言った。腰物奉行がひとりになるのは一時的で、いずれ新たな奉行が任命されるだろう。

「新しい奉行が来ても、腰物奉行の仕事は田沼さまの意のままになると、聞いている」

「どういうことだ」

「詳しいことは、知らぬ」

そう言うと、平岡は視線を膝先に落として口をつぐんだ。

唐十郎が平岡の前から身を退くと、

「おれも、訊きたいことがある」

桑兵衛が平岡の前に出て、

「平松八右衛門どのを柳原通りで斬ったのは、西宮弥三郎だな」

と、念を押すように訊いた。

「そうだ」

「西宮に、平松どのを殺すよう指示したのは、田沼だな」

さらに、桑兵衛が念を押した。

「田沼さまが命じたと聞いている」

「ならば、田沼も討たねばならないな」

そう呟いて、桑兵衛は平岡の前から身を退いた。桑兵衛の双眸《そうぼう》が、刺すようなひかりを放っている。

第四章　攻防

1

「この巻藁《まきわら》を西宮と思い、それぞれの位置に立て！」

桑兵衛が、ゆいと小太郎に声をかけた。ゆいは手に懐剣《かいけん》を、小太郎は手に脇差《わきざし》を持っている。

道場のなかほどに、藁を巻いた青竹が立っていた。桑兵衛は、その巻藁を西宮とみて、姉弟《きょうだい》に斬らせようとしたのだ。

西宮が、姉弟の父である平松八右衛門を斬ったことがはっきりしたので、巻藁を西宮に見立てて、敵討《かたきう》ちの稽古《けいこ》をするのだ。

「はい！」

ゆいが、西宮と見立てた巻藁の背後に立った。小太郎は素早い動きで、巻藁の左脇にまわり込んだ。

巻藁の正面に立ったのは、桑兵衛だった。桑兵衛は、刀を手にしている。

桑兵衛は敵討ちの稽古を始めたときから、桑兵衛が敵の正面に、ゆいが背後に、小太郎が左脇に立つように話してあった。

桑兵衛は、どんなに稽古を積んでも、まだ子供ともいえるふたりだけで、遣《つか》い手《て》らしい相手を討つことはできない、とみていたのだ。

「間合を十分に取れ」

桑兵衛がふたりに指示すると、ゆいと小太郎は、一歩身を退《ひ》いた。

「いいぞ、その間合を忘れるな」

桑兵衛が、ふたりに声をかけた。

ゆいと小太郎は、西宮が立った位置から刀を振っても切っ先のとどかない場所に立ったのだ。桑兵衛が教えておいた西宮との間合である。

「おれが声をかけたら、斬り込め！」

桑兵衛は姉弟に声をかけると、西宮が刀を構えたときの姿を脳裏《のうり》に浮かべて間合をとった。そして、巻藁と対峙《たいじ》して居合の抜刀《ばっとう》体勢をとると、脳裏に描いた西宮が斬り込んできた一瞬をとらえて抜刀した。

……とらえた！

桑兵衛は、居合の一撃が西宮の右腕をとらえたと察知した。

「いまだ、小太郎！」

桑兵衛が声をかけた。

するると、小太郎は、

「父の敵！」

と、叫びざま踏み込み、手にした脇差を袈裟《けさ》に斬り下ろした。

バサッ、と音をたてて、脇差が巻藁に食い込んだ。

「ゆい、いまだ」

桑兵衛が声を上げた。

すると、ゆいも、「父の敵！」と声を上げ、素早く踏み込んで、手にした懐剣を巻藁に突き刺した。ゆいは、巻藁に身を寄せたまま動かない。

「いいぞ！　いまの動きなら、西宮を討てる」

桑兵衛が、ふたりに声をかけた。

ふたりは、それぞれ武器を手にしたまま元の位置にもどった。

「もう、一度！」

桑兵衛は、ふたりに声をかけた。

今度は、先にゆいに声をかけて背後から懐剣で突かせ、つづいて小太郎に脇から斬り込ませた。

「ふたりとも、いい動きだ。どちらが先に仕掛けるか、場所によって変わる。おれが声をかけた通りに斬りつけろ」

「はい！」

小太郎とゆいが、ほぼ同時に応《こた》えた。

ふたりが敵討ちの稽古を始めてから半刻《はんとき》（一時間）ほど経《た》ったとき、道場の表戸があき、「狩谷の旦那《だんな》、いやすか」という弐平の声がした。上擦《うわず》ったような響きがある。

「いるぞ」

桑兵衛が、刀を手にしたまま声をかけた。

すると、土間に面した板戸があき、弐平が顔を出した。ひどく慌《あわ》てている。

「弐平、どうした」

すぐに、桑兵衛が訊《き》いた。

「来やした、敵が！」

弐平が、声を上げた。

「敵だと」

桑兵衛が訊き返した。

「へい、二本差しが、七、八人来やすぜ。道場を襲うつもりだ！」

「七、八人だと！」

桑兵衛は、多勢だと思った。道場に踏み込まれたら、太刀打《たちう》ちできない。

「弐平、母屋《おもや》にいる唐十郎と本間を呼んできてくれ」

桑兵衛は、ゆいと小太郎に目をやり、

「ふたりは、弐平といっしょに母屋に行け。おれが呼びに行くまで、身を隠しているのだ。いいな」

いつになく、桑兵衛は語気を強くして言った。

ゆいは戸惑《とまど》うような顔をしたが、弐平に声をかけられ、小太郎といっしょに弐平の後についた。

ひとりになった桑兵衛は、道場の戸口へ行き、板戸をすこしだけあけて通りに目をやった。

……七人いる！

いずれも、小袖《こそで》に袴《はかま》姿の武士だった。七人のなかに、西宮と青田の姿があるかどうかは、桑兵衛には分からない。

桑兵衛は手早く板戸に心張り棒をかって、開かないようにした。ただ、刀を板戸の隙間《すきま》に突き刺したり、板を割ったりすれば、心張り棒を外すこともできるので、気休めに過ぎない。

桑兵衛が道場内にもどると、唐十郎、弥次郎の姿があった。母屋から駆け付けたらしい。

「敵は七人。いずれも、武士だ」

桑兵衛が、ふたりに言った。

2

「来るぞ!」

桑兵衛が言った。

板戸の前に、走り寄る足音が聞こえた。何人もの足音である。つづいて、板戸を開けようとする音がしたが、すぐにやんだ。

バリッ、と、刃物で板戸を斬り割るような音がした。鉈《なた》のような物で、斬り割ったらしい。道場に踏み込むつもりで用意したのだろう。

すぐに、板戸のあく音がした。そして、何人もで、土間に踏み込んでくる足音が聞こえた。

桑兵衛、唐十郎、弥次郎の三人は、戸口近くの板戸のそばに身を寄せた。敵が戸をあけて踏み込んできたところを、居合の一撃で仕留《しと》めるつもりなのだ。

最初に、桑兵衛の前の板戸があいた。そして、武士がひとり、踏み込んできた。そのとき、桑兵衛の体が躍《おど》った。

鋭い気合が響き、閃光《せんこう》がはしった。

次の瞬間、武士の動きがとまり、顔面に血の線が走った。武士は悲鳴も呻《うめ》き声も上げず、腰から崩れるように倒れた。顔から噴出した血が、土間に飛び散った。

「戸の向こうで、待ち伏せしているぞ！」

土間にいた武士のひとりが、叫んだ。

他の武士も、板戸の向こうで敵が待ち伏せしているのを察知し、板戸をあけて踏み込んでこなかった。

いっときして、隅の板戸がすこしだけあいた。ひとりの武士が近くに敵がいないのを知って、道場内に踏み込んできた。さらに、反対側の板戸もあき、別の武士が道場に入ってきた。

「あやつは、おれが斬る！」

唐十郎が声を上げ、居合の抜刀体勢をとると、先に踏み込んできた武士に、素早い動きでむかった。

「あやつは、それがしが！」

弥次郎が、反対側の板戸にむかった。

桑兵衛は居合の抜刀体勢をとって、踏み込んでくる敵と対峙した。

一方、唐十郎の姿を目にした武士は、青眼《せいがん》に構えて切っ先を唐十郎にむけた。気が昂《たかぶ》っているのか、剣尖《けんせん》が高く、腰も浮いている。

タアッ！

鋭い気合を発し、唐十郎が抜刀した。

袈裟《けさ》へ――。

素早い居合の抜き付けの一撃である。

ザクリ、と武士の肩から胸にかけて小袖ごと肌が裂け、血が噴いた。

武士は呻き声を上げ、血を撒《ま》きながらよろめいたが、足がとまると、腰から崩れるように倒れた。出血が激しい。

地面に倒れた武士は、身を捩《よじ》るように動かしていたが、いっときすると動かなくなった。絶命したようである。

別の武士と対峙していた弥次郎は腰を沈めて、居合の抜刀体勢をとっていた。

武士は青眼に構えて、切っ先を弥次郎にむけている。遣い手らしく、隙がなかった。弥次郎にむけられた剣尖には、そのまま眼前に迫ってくるような威圧感がある。

「いくぞ！」

武士が声をかけ、摺《す》り足で間合を狭《せば》めてきた。

対する弥次郎は、動かなかった。武士が、抜き打ちを放つ間合に入るのを待っている。武士は、一足一刀の斬撃《ざんげき》の間合に入るや否《いな》や仕掛けた。

イヤアッ！

と、甲走《かんばし》った気合を発して斬り込んできた。

踏み込みざま真《ま》っ向《こう》へ――。

弥次郎は、わずかに右手に体を寄せざま、鋭い気合とともに抜刀した。弥次郎の居合の抜き打ちの一撃が、袈裟にはしった。

武士の真っ向への斬撃は、弥次郎の左肩をかすめて空《くう》を切り、弥次郎の抜き打ちは、武士の肩から胸にかけてを深く斬り裂いた。

武士は呻き声を上げてよろめき、足がとまると、俯《うつぶ》せに倒れた。それでも、武士は四肢《しし》で這《は》って道場の隅に逃《のが》れた。

弥次郎は、逃げた武士を追わなかった。道場の戸をあけて入ってきた別の武士が、正面にまわり込んできたからだ。

このとき、桑兵衛は、三十がらみと思われる大柄な武士と対峙していた。その武士は、道場の隅の板戸をあけて、踏み込んできたのだ。

ふたりの間合は、およそ二間半――。

桑兵衛は居合の抜刀体勢をとり、武士は八相《はっそう》に構えて刀身を垂直に立てていた。遣い手らしく、上から覆《おお》いかぶさってくるような威圧感がある。

……入身左旋《いりみさせん》を遣う。

桑兵衛は、胸の内でつぶやいた。

入身左旋は、敵の左手にまわり込む技だった。八相や上段に構えた場合、体の左手にまわり込まれると、斬り込むことができない。それを知っている桑兵衛は、入身左旋で敵を討とうとしたのだ。

桑兵衛が先に仕掛けた。居合の抜刀体勢をとったまま踏み込み、素早い動きで武士の左手にまわり込み、

イヤアッ！

と、鋭い気合を発して抜き付けた。

次の瞬間、閃光が袈裟にはしった。

大柄な武士は左手に踏み込んで斬り込もうとしたが、桑兵衛の居合の斬撃の方が速かった。

桑兵衛の切っ先が、武士の肩から胸にかけて肌を深く斬り裂いた。次の瞬間、桑兵衛は後ろに跳んで武士との間合をとると、刀を脇構えにとった。脇から逆袈裟に、居合の抜刀の呼吸で、斬り込むためである。

だが、武士はつっ立ったまま刀を構えようとしなかった。傷が深い。傷口から、血が流れ出ている。

グラッ、と武士の体が揺れ、腰から崩れるように転倒した。道場の床に俯せに倒れた武士は、苦しげな呻き声を上げたが、立ち上がろうとしなかった。道場の床が、血で赤く染まっていく。

3

唐十郎と対峙していた武士は、大柄な武士が斬られたのを目にし、

「退け！　退け！」

と、声を上げた。

すると、道場内にいた武士たちが、開いたままになっていた板戸の間から、次々に土間に飛び出した。

唐十郎と対峙していた武士も、反転して逃げようとした。

「逃がさぬ！」

唐十郎は、土間に出ようとした武士の背に斬りつけた。切っ先が、武士の肩から背にかけて深く斬り裂いた。武士は呻き声を上げてよろめいたが、板戸の間から出ようとした。

「逃げると、突き刺すぞ！」

そう言って、唐十郎は武士の首に切っ先を突き付けた。

武士はその場に足をとめ、道場の床にへたり込んだ。武士は、苦しそうな呻き声を上げている。

道場内での戦いは、終わった。

逃げた敵は、三人。道場の床に、三人の死体が横たわっていた。もうひとりは、道場の隅にへたり込んでいた。弥次郎に斬られた武士である。肩から背にかけて、小袖が真っ赤に染まっている。

唐十郎、桑兵衛、弥次郎の三人は、道場の隅にへたり込んでいる武士のまわりに集まった。

武士は、唐十郎たちを上目遣《うわめづか》いに見た。

「おぬし、名は」

唐十郎が訊いた。

「……」

武士は苦しげに呻き声を漏《も》らしただけで、何も言わなかった。

「名は」

唐十郎が、語気を強くして訊いた。

「さ、笹崎元次郎《ささざきげんじろう》……」

武士が、声を詰まらせて名乗った。

「何ゆえ、道場を襲った」

「うぬらを斬るためだ」

笹崎が、顔をしかめて言った。苦しげに肩で息をしている。

「誰の指図《さしず》だ」

唐十郎が、笹崎を見据《みす》えて訊いた。

「……」

笹崎は何も答えず、唐十郎から視線をそらしてしまった。

「腰物奉行の田沼弥之助の指示ではないのか」

唐十郎が田沼の名を出すと、笹崎は驚いたような顔をして唐十郎を見た。

「田沼だな」

唐十郎は、念を押すように訊いた。

「そ、そうだ」

笹崎が声を詰まらせて言った。

「やはりそうか。……田沼の屋敷には、西宮弥三郎と青田源之助もいるな」

「いる」

笹崎は隠さなかった。すこし話したことで、隠す気が薄れたらしい。

「なぜ、西宮と青田は一緒に来なかったのだ」

唐十郎が訊いた。

笹崎の傷口からの出血は激しく、小袖は真っ赤に染まっていた。長くは持たないかもしれない。

「た、田沼さまのお供で、出かけると聞いた」

「田沼は、どこへ出かけるのだ」

「し、知らぬ」

笹崎が、苦しげに顔をしかめて言った。息が荒くなり、喘《あえ》ぎ声が漏れた。

「先にわれらが捕らえた平岡仙次郎から、平松どのの後に新しい腰物奉行が来ても、腰物奉行の仕事は、田沼の意のままになると聞いたのだが、どういう訳だ」

唐十郎は、笹崎を見据えて訊いた。

「く、詳しいことは、知らぬ」

笹崎が、喘ぎながら言った。

「何か耳にしたことがあるだろう」

「た、田沼さまの、配下の者が、新しく腰物奉行になるからではないか」

「なに、田沼の配下の者が新しい奉行になるだと」

唐十郎の声が大きくなった。

「う、噂《うわさ》を聞いている」

「だれが、平松さまの後を継ぐのだ」

すぐに、唐十郎が訊いた。

「し、知らぬ……」

笹崎はそう言った後、グッという呻き声を上げ、顎《あご》を突き出すようにした。

そして、背を反《そ》らした次の瞬間、全身から急に力が抜け、がっくりと頭《こうべ》が垂れた。

笹崎から、息の音が聞こえない。

「死んだ」

唐十郎が、つぶやくような声で言った。

唐十郎、桑兵衛、弥次郎の三人は、横たわっている笹崎に目をやっていたが、

「こやつ、どうします」

と、唐十郎が桑兵衛に訊いた。

「遺体を引き取りにくる者は、おるまい。通りに捨てておくのも、可哀想《かわいそう》だ。……母屋の裏手にでも、埋めておいてやるか」

桑兵衛が言った。

母屋の裏手に、わずかばかりの空き地があった。手入れをする者はなく、雑草に覆われている。

「それがいい」

唐十郎も、遺体を路傍《ろぼう》に放置するのは気が引けたのだ。

唐十郎たちは母屋に身を隠している弐平を連れてきて、男四人で、遺体を空き地に埋葬《まいそう》してやった。

4

道場に踏み込んできた七人の武士を撃退した次の日、松村と小島が道場に姿をあらわすと、唐十郎は桑兵衛と相談し、ゆいと小太郎も連れて下谷長者町にむかった。弥次郎、松村、小島の三人も同行した。総勢、七人である。

大勢で下谷長者町にむかったのは、田沼家の屋敷を見張り、機会があったらゆいと小太郎に、敵を討たせようと思ったからだ。

七人は目立たないように、離れて歩いた。唐十郎と弥次郎が先にたち、すこし間をとって、ゆいと小太郎。その後に、桑兵衛。しんがりは、松村と小島である。

唐十郎と弥次郎は下谷長者町に入り、そば屋の栄屋の脇に足をとめた。そこは、何度か田沼家の屋敷を見張った場所である。

桑兵衛、ゆい、小太郎の三人は、下駄屋の脇に立った。そこには、以前、桑兵衛たち三人が身を隠したことがあった。

松村と小島は、下駄屋からすこし離れた一膳めし屋の脇に立ち、田沼家の屋敷に目をやっている。

唐十郎たちが、それぞれの場に身を隠して一刻（二時間）ほど経った。西宮と青田は、なかなか姿を見せなかった。屋敷から出てきたのは、中間《ちゅうげん》と年配の若党らしい男だけである。

「姿を見せませんね」

そう言って、弥次郎は生欠伸《なまあくび》を噛《か》み殺した。

「屋敷に、西宮と青田はいるのかな」

唐十郎が言った。ふたりがいなければ、見張りも無駄骨である。

「ふたりとも、それぞれ自分の屋敷に帰ったのかもしれません」

弥次郎も、うんざりした顔をしている。

「屋敷にいるかどうか、確かめてみるか」

屋敷に奉公している中間にでも訊けば、すぐに分かるだろう、と唐十郎は思った。

それからいっときして、中間がふたり、何やら話しながら通りに出てきた。

「おれが、訊いてみる」

唐十郎はそば屋の脇から通りに出て、ふたりの中間の跡を追った。そして、ふたり

の中間が、田沼家の屋敷から遠ざかったところで、

「ちと、訊きたいことがある」

と、声をかけた。

ふたりの中間は、足をとめて振り返った。

「あっしらですかい」

年上らしい中間が訊いた。

「そうだ。……歩きながらでいい」

唐十郎が足を止めずに言った。路傍に足をとめて話を聞いていると、田沼家に仕える若党や侍《さむらい》などの目にとまる恐れがあったからだ。

「田沼さまのお屋敷に出入りしている西宮どのを知っているか」

唐十郎が西宮の名を出して訊いた。

「知ってやす」

年上の中間が言った。もうひとりの若い中間は、黙ってついてくる。

「お屋敷に西宮どのは、いたか。……いれば、お屋敷を訪ねてみるつもりだ」

唐十郎が、もっともらしく言った。

「西宮さまは、お屋敷にいませんよ」

若い中間が、口を挟んだ。

「いないのか」

「三日ほど前から、西宮さまはお屋敷を出たままでさァ」

「何処《どこ》へ、出かけたのだ」

「存じません」

年上の中間が、素っ気《そけ》なく言った。

「青田源之助どのは、どうだ」

唐十郎が、青田の名を出して訊いた。青田を捕縛して、西宮のことを訊く手もあるとみたのだ。

「青田さまは、お屋敷におられました」

また、若い中間が言った。

「それで、青田どのはお屋敷から出てくるかな。お屋敷に入って行くのは、気が引けるのでな」

「陽が沈むころ、お屋敷を出ることが多いようです」

「青田どのの屋敷へ帰るのかな」

「そうかもしれません」

「いや、手間をとらせた」

唐十郎は、ふたりの中間に声をかけて足をとめた。そして、踵《きびす》を返すと、弥次郎のいる場にもどった。

唐十郎と弥次郎は桑兵衛たちのいる場に行き、七人が顔を揃《そろ》えると、

「田沼家の屋敷に、西宮はいないようです」

唐十郎が言った。

「どこへ、出かけたのだ」

桑兵衛が訊いた。

「中間に訊いたのですが、中間も知りませんでした」

「青田は」

「青田はいるようです。それに、青田は陽が沈むころ、田沼家の屋敷を出ることが多いそうです」

唐十郎が言った。

「さて、どうするか」

桑兵衛が、その場にいる唐十郎たちに目をやって訊いた。

「青田を捕らえますか。青田に訊けば、西宮の居所が摑《つか》めるかもしれません」

「よし、青田を捕らえよう」

「屋敷から、すこし離れた場所で仕掛けましょう。われらが、青田を捕らえたことを西宮に知られない方がいい」

唐十郎たちは、すぐに動いた。

田沼家の屋敷から離れ、武家屋敷のつづく通りに出た。そして、通り沿いにあった旗本屋敷の築地塀《ついじべい》の陰《かげ》に身を隠した。その通りは、御徒町につづいている。青田が自分の屋敷に帰るなら、ここを通るはずである。

青田は、なかなか姿を見せなかった。陽は西の空にまわり、武家屋敷の影が長く伸びて通りを覆っている。

「姿を見せないな」

唐十郎が、生欠伸を噛み殺して言った。

そのとき、通りの先に目をやっていた弥次郎が、

「向こうからくる武士、青田ではないですか」

と、身を乗り出すようにして言った。

「青田だ！」

唐十郎が声を上げた。

5

青田はひとりだった。足早に歩いてくる。

「青田を捕らえよう。手筈《てはず》どおりだ」

唐十郎が言った。唐十郎たちは、青田が姿を見せたらどう動くか、相談してあったのだ。

青田に、警戒しているような様子はなかった。屋敷から離れた場所なので、安心しているのかもしれない。

青田が十間ほどに近付いたとき、唐十郎と弥次郎が築地塀の陰から通りに飛び出し、青田の前に立ち塞《ふさ》がった。

青田は、ギョッとしたようにその場に立ち竦《すく》んだ。

唐十郎たちにつづいて、桑兵衛、松村、小島の三人が、青田の背後にまわり込んだ。ゆいと小太郎は、築地塀の陰に残っていた。手筈どおりである。

「狩谷たちか！」

青田が叫び、腰の刀に右手を添えた。

「青田、観念しろ」

唐十郎は抜刀した。そして、刀身を峰《みね》に返した。居合で抜き付けて、峰打ちにするのは難しい。唐十郎は居合の呼吸で刀をふるって、青田を峰打ちにしようと思ったのだ。弥次郎も抜刀して、刀身を峰に返している。

青田の背後にまわった桑兵衛たちも、唐十郎たちと同じように刀身を峰に返して、身構えた。

「大勢で、挟《はさ》み撃《う》ちか」

青田は声を上げ、手にした刀を八相に構えた。唐十郎たちに立ち向かうつもりらしい。唐十郎は、脇構えにとった。居合の呼吸で、脇から刀身を横に払うのだ。

青田は八相に構えたまま摺《す》り足で、唐十郎に迫ってきた。

対する唐十郎は、動かなかった。気を静めて、青田との間合を読んでいる。

青田は、一足一刀の斬撃の間境《まざかい》に踏み込むや否や、
イヤアッ！

甲走《かんばし》った気合を発して、斬り込んできた。

八相から真っ向へ――。

咄嗟《とっさ》に、唐十郎は右手に体を寄せて、刀身を横に払った。

青田の切っ先が唐十郎の肩先をかすめて空《くう》を切り、唐十郎の刀身は青田の脇腹を強打した。

青田は呻き声を上げてよろめいたが、足をとめて反転し、手にした刀を唐十郎へむけようとした。

そのとき、青田の背後にまわり込んでいた桑兵衛が、素早い動きで身を寄せ、

「動くな！」

と、声を上げげて、手にした刀の切っ先を青田の首にむけた。

青田は、その場に凍り付いたようにつっ立った。

「刀を捨てろ！」

桑兵衛が言った。だが、青田は刀を手にしたままだった。

「捨てねば、このまま突き殺すぞ」

そう言って、桑兵衛は手にした刀の切っ先を青田の首に近付けた。

青田は、刀を捨てた。蒼褪めた顔で、体を顫《ふる》わせている。

「縄をかけてくれ」

桑兵衛が、同行した松村と小島に声をかけた。

松村が用意した細引を取り出し、小島とふたりで青田の両腕をとって縛った。青田

は抵抗しなかった。首に、切っ先を突き付けられていたからだ。

「一緒にこい」

唐十郎が言い、青田の前に立った。

弥次郎、松村、小島の三人が、青田を取り囲むように立ち、御徒町通りの方にむかった。桑兵衛、ゆい、小太郎の三人は、唐十郎たちの後についてくる。

唐十郎たちは、捕らえた青田を狩谷道場に連れていった。青田から話を聞くためである。青田を道場内に連れ込むと、ゆいと小太郎はその場に残らず、母屋で待つことになった。ふたりの前では、訊きづらいこともあったのだ。

「青田、ここは居合の道場だ。居合の稽古は竹刀《しない》ではなく、真剣を遣う。ときには、誤って稽古相手を斬ることもある。……おぬしも、ここで居合の稽古中、誤って死んだことにしてもいい。先にわれらが捕らえた平岡仙次郎は、さて、どうなったかな」

桑兵衛はそう脅した後、

「柳原通りで、腰物奉行の平松八右衛門どのを斬ったのは、おぬしと同じ、腰物方の西宮弥三郎だな」

と、念を押すように訊いた。

青田はいっとき戸惑《とまど》うような顔をして口を閉じていたが、

「そうだ」

と、小声で言った。すでに、西宮が平松を斬ったことは桑兵衛たちに知れていると
みて、いまさら隠すことはないと思ったのだろう。

「西宮が上役でもある平松どのを斬ったのは、どういうわけだ」

桑兵衛が、青田を見据えて訊いた。

青田はいっとき黙したまま虚空《こくう》を見据えていたが、

「か、金を持っているとみたからだ」

と、声をつまらせて言った。

「おい、下手な嘘《うそ》はつくな。……西宮は、平松どのと知っていて斬ったのだぞ。金の
ために、上役を狙うか」

桑兵衛は刀を抜き、切っ先を青田の首筋に近付け、

「なぜ、西宮は平松どのを斬ったのだ」

と、語気を強くして訊いた。

「く、詳しいことは知らないが、出世のためだ、と西宮から聞いている」

青田が、小声で言った。

「出世のためだと！　平松どのがいなくなると、西宮が出世できるのか」

「平松どのの後釜《あとがま》に座れると聞いている」

「腰物方の西宮が、腰物奉行の座に座るというのか」

桑兵衛の声が、大きくなった。

「おれは、詳しいことは知らないが、田沼さまも、そう話していた」

「腰物奉行の田沼が、そう話したのか」

桑兵衛が、念を押すように訊いた。

「田沼さまが、西宮に話しているのを聞いたのだ」

「腰物奉行を殺した男を、腰物奉行に推挙するのか」

「そうらしい」

青田は首をすくめた。

「うむ……」

桑兵衛はいっとき虚空を睨《にら》むように見据えていたが、

「いずれにしろ、腰物方の西宮が、目上である腰物奉行の平松さまを殺したのは、紛《まぎ》れもない事実だ」

と、語気を強くして言った。

桑兵衛の顔には、怒りの色があった。

「唐十郎、何かあったら訊いてくれ」

桑兵衛はそう言って、青田の前から身を退いた。

唐十郎は青田の前に立ち、

「腰物奉行の田沼は、西宮が平松さまを斬ったことを知っているのだな」

と、念を押すように訊いた。

「知っている」

すぐに、青田が言った。

「知っているだけでなく、田沼は西宮にそれとなく平松さまを辻斬りに見せかけて殺すよう指図したのではないか」

唐十郎の青田を見つめる目が、切っ先のように光っている。

「田沼さまと西宮の間で、どんなやり取りがあったのか、くわしいことは聞いていない」

青田が小声で言った。

6

唐十郎は虚空に目をやって口をつぐんでいたが、

「いま、西宮は、田沼家の屋敷にいないいな」

と、青田を見据えて訊いた。

「……」

青田は無言でうなずいた。

「どこにいる」

「し、知らぬ」

青田が声をつまらせて言った。

「屋敷を出るとき、何も言わなかったのか」

「おれがいないとき、屋敷を出たらしい」

「うむ……」

唐十郎は口をつぐんでいたが、

「西宮には、田沼家の屋敷の他に身を隠すような場所はあるのか」

と、青田に目をやって訊いた。

「西宮家の屋敷にいるのかもしれない」

「御徒町にある自分の屋敷か」

てくれ」


「そうだ」

「いってみるか」

唐十郎はそう言って、青田の前から身を退いた。

「おれの知っていることは、みんな話した。田沼さまや西宮とは縁を切るから、帰してくれ」

青田が唐十郎に目をやって言った。

「帰せだと。おぬしには、まだやって貰《もら》うことがある」

「おれに、何をやれというのだ」

「西宮だけでなく、背後にいる田沼も、このままにしてはおけない。平松さまを暗殺した裏には、田沼がいるようだからな」

「……」

青田は不安そうな顔をして、唐十郎を見つめている。

「田沼を追い詰めるにしても、幕府の腰物方と何のかかわりもないおれたちが騒ぎ立てたところで、どうにもなるまい。……だが、腰物方のおぬしの口上書《こうじようがき》があれば、いざというときに物を言う」

唐十郎が言った。口上書は口頭で話したことをまとめた文書のことだ。武士の場合口書《くちがき》である。

の呼び名で、足軽、百姓、町人の場合は、口書《くちがき》である。

唐十郎は口上書を利用して何かするつもりはなかった。口上書があれば、いざというときに役にたつと思ったのだ。

「口上書だと！」

青田の顔が強張《こわば》った。

そのとき、脇で聞いていた桑兵衛が、

「青田、この場で斬られたくなかったら、口上書をとらせるのだな」

と、語気を強くして言った。

桑兵衛は唐十郎とふたりで、青田を母屋に連れていった。口上書をとるためである。道場には、弥次郎、松村、小島の三人が残った。いっときすると、唐十郎が母屋で待っていたゆいと小太郎を連れてもどってきた。

「青田のことは、父上に任せてきた」

唐十郎が、弥次郎たちに目をやって言った。今後、青田をどうするか分からないが、ゆいと小太郎が仇討《あだう》ちを果たせれば、解き放つことになるだろう。もっとも、解き放たれても青田の行き場はない。

「どうしましょう」

弥次郎が訊いた。

「これから、ゆいと小太郎を屋敷まで送っていくつもりだ。屋敷までの道筋で、田沼の配下の者が待ち伏せしているかもしれないのでな」

唐十郎が言った。胸の内では、姉弟を屋敷まで送った後、西宮家の屋敷を探ってみようと思っていた。西宮が帰っているかどうか、確かめるのだ。

唐十郎、弥次郎、松村、小島の四人は、ゆいと小太郎を連れて道場を出た。

唐十郎たちは、足を速めた。陽が西の空にまわっていたからである。

御徒町通りを歩き、平松家の屋敷の前まで来ると、ゆいと小太郎が屋敷に入るのを見てから、西宮家の屋敷にむかった。

西宮家の屋敷は平松家の屋敷から遠くなかったし、唐十郎たちは西宮家の屋敷を見張ったことがあったので、迷わずに屋敷近くまでいくことができた。

「変わりないな」

唐十郎が言った。

屋敷は木戸門で、板塀で囲われていた。屋敷内はひっそりとして、人声は聞こえなかった。ただ、住人はいるらしく、障子を開け閉めするような音が聞こえた。

唐十郎たちは、屋敷の門からすこし離れた路傍に足をとめた。

「どうする」

唐十郎がその場にいる弥次郎、松村、小島の三人に目をやって訊いた。

「近所で訊いてみますか。西宮の姿を見た者がいるかもしれません」

松村が言った。

「そうだな」

唐十郎も、このまま帰る気にはなれなかった。

唐十郎たちは西宮家の屋敷からすこし離れ、別の屋敷の築地塀の前に足をとめた。

「半刻（一時間）ほどしたら、この場に集まることにしよう」

と唐十郎が言って、四人はその場で別れた。

7

ひとりになった唐十郎は、通りの先に目をやった。旗本や御家人の武家屋敷がつづいている。それぞれの屋敷内に住人がいるようだが、屋敷内に入って話を訊くわけにはいかない。

唐十郎がその場に立っていっときすると、前方にふたりの中間の姿が見えた。近所の武家屋敷に奉公している中間らしい。ふたりは、何やら話しながら歩いてくる。

唐十郎はふたりが近付くのを待ち、

「しばし、しばし」

と、声をかけた。

「あっしら、ですかい」

浅黒い顔をした中間が訊いた。

「そうだ」

唐十郎は、通りの先にある西宮家の屋敷を指差し、

「あそこにある御家人の屋敷を知っているか」

と、ふたりに目をやって訊いた。

「西宮さまのお屋敷ですぜ」

浅黒い顔をした男が言うと、脇にいた顎《あご》の尖《とが》った男が、

「西宮さまに、何か御用があるんですかい」

と、口を挟んだ。

「用があってな、最近二度来たのだが、二度とも留守なのだ。近ごろ、西宮どのを見掛けたことがあるか」

唐十郎が訊いた。

「昨日、見掛けやしたぜ」

浅黒い顔をした男が言った。

「見掛けたか！」

唐十郎の声が大きくなった。

「へい」

「それなら、今日はいるな」

「それが、旦那、いねえかもしれねえ」

顎の尖った男が言った。

「出かけたのか」

「今朝がた、西宮さまが出かけるのを見掛けたんでさァ」

「ほんとうか」

「西宮さまは出かけると、三日も四日も帰らねえようですぜ。西宮さまに奉公している下男の話だと、下谷にある上役のお屋敷に、出かけるようでさァ」

「すると、今朝がた、下谷に出かけたのだな」

唐十郎は、腰物奉行の田沼の屋敷だろうと思った。

「下谷だと思いやすが、確かなことは分からねえ」

浅黒い顔をした男がいうと、もうひとりの男がうなずいた。

「手間を取らせたな」

唐十郎が、ふたりに声をかけて身を退いた。

唐十郎は念のため、別の者にも西宮の消息を訊いてみようと思ったが、話の聞けそうな者は通らなかった。

唐十郎が西宮家の屋敷近くにもどると、路傍で弥次郎たち三人が待っていた。

「待たせたか」

唐十郎が、三人に目をやって訊いた。

「われわれも、来たばかりです」

弥次郎が言うと、松村と小島がうなずいた。

「どうだ、歩きながら話すか」

唐十郎は、その場に立っていると人目を引くと思った。西宮家の奉公人の目にとまるかもしれない。

「西宮は屋敷にいないようだ」

唐十郎が、来た道を引き返し始めた。

「それがしも、西宮は下谷に出かけたらしいと聞きました」

松村が歩きながら言った。

「田沼の屋敷に、もどったようだ」

唐十郎が言うと、脇にいた弥次郎が、

「気になることを耳にしました」

と、小声で言った。

「気になるとは」

「近所の屋敷に奉公する中間から聞いたんですが、やはり西宮は近いうちに出世するらしい。中間は、西宮家の下男から聞いたようです」

「腰物方から、出世するというのか」

唐十郎が言った。

「下男は、西宮が腰物方から腰物奉行に出世すると話したようです」

「やはりそうなのか！」

唐十郎の声が、大きくなった。そばにいた松村と小島も、驚いたような顔をして弥次郎を見た。

「下男の話なので、どこまで信じられるか分かりませんが、腰物奉行という職名まで口にしたとなると、この話は公然の秘密だったとみていいようです」

「そうだな」

唐十郎も、西宮が屋敷の者に話したことが、下男の耳に入ったのだろう、と思った。

「西宮は、己の手で殺した平松さまの後釜に座ろうとしているのです」

弥次郎の声にも、昂ったひびきがあった。顔には、怒りの色がある。

「西宮はやはり、平松さまの後釜に座るために、辻斬りを装って平松さまを殺害したのだな」

唐十郎が言った。

「そんなことは、させぬ！」

松村が怒りに顔を染めて言った。

「西宮が腰物奉行になる前に、ゆいと小太郎に父の敵として討たせるのだ」

唐十郎が、語気を強くして言った。

8

桑兵衛は道場のなかほどに立つと、

「ゆい、小太郎、おれを敵の西宮と思え」

と、ふたりに声をかけた。

「はい！」

ゆいと小太郎はほぼ同時に応《こた》え、それぞれの武器を手にした。ゆいは懐剣、小太郎は脇差である。

ゆいと小太郎には、これまでとは違った緊張感があった。父の敵が西宮とはっきりし、近いうちに西宮を討つと、桑兵衛から話があったからだ。

道場内には、唐十郎と弥次郎の姿もあった。ふたりは道場の隅に腰を下ろして、ゆいと小太郎の仇討ちのための稽古の様子を見ている。

「これまでと同じ位置をとれ」

桑兵衛が声をかけると、ゆいは桑兵衛の背後にまわり、小太郎は左側に立った。ふたりの立つ場は、敵の西宮にとって対応しづらい位置なのだ。

ゆいと小太郎はそれぞれの位置に立つと、武器を手にして身構えた。

「いいか、腕だけで敵を斬ろうとするな。体ごと飛び込むつもりで踏み込み、敵に斬りつけるのだ」

「はい！」

ゆいと小太郎が、同時に応えた。

西宮を演じる桑兵衛は青眼に構え、正面に立つ架空《かくう》の桑兵衛に対して刀の切っ先をむけた。そして、振りかぶって袈裟に斬り込むと、

「小太郎、今だ！」

と、声をかけた。

「父の敵！」

小太郎が声を上げ、素早く桑兵衛の左手から斬り込んだ。ただ、切っ先が桑兵衛の体に触れないように、間合を広くとったまま刀をふるった。

「ゆい！」

桑兵衛が、声をかけた。

ゆいは無言のまま摺り足で桑兵衛に身を寄せ、懐剣を振り下ろした。だが、懐剣は桑兵衛の背から一尺ほども離れている。

ゆいと小太郎は桑兵衛を傷つけないように、手前でそれぞれの武器をふるっているのだ。桑兵衛は、ゆいと小太郎に体をむけ、

「今日は、おれを敵とみて、実際に斬りつけろ。切っ先がとどかない場で脇差や懐剣をふるっていると、敵討ちのときも、そうなるぞ」

そう言って、両襟《りようえり》をつかんで胸を大きくひらいた。厚い木の板が、入っている。

「ふたりが斬りつけてもいいように、おれの背と脇腹に入れてある」

桑兵衛は、背の板も小袖の上から叩いてみせ、

「いいか、この板を狙って、斬りつけろ」

と、言い添えた。

「はい！」

ゆいが答えた。小太郎は、顔をひきしめてうなずいた。

「もう一手！」

桑兵衛が、ふたりに声をかけた。

ゆいと小太郎は、それぞれ桑兵衛の背後と左手にまわった。そして、ゆいは懐剣、小太郎は脇差を構えた。

巻藁を突く以上に、生身の人に向かっていくのは抵抗がある。ふたりはそれを克服

しなければならない。

桑兵衛は手にした刀を構えた後、前に立った架空の敵に対して、振りかぶりざま真っ向へ斬り込み、

「小太郎！」

と、声をかけた。

「父の敵！」

叫びざま、小太郎が踏み込んで、桑兵衛の左手から斬り込んだ。その切っ先が、桑兵衛の脇腹近くにとどいたが、小袖を斬り裂くようなことはなかった。

「ゆいだ！」

桑兵衛が、ゆいに声をかけた。

ゆいも、「父の敵！」と声を上げ、背後から踏み込んで懐剣をふるった。その切っ先が、桑兵衛の着物にとどいたが、突き刺すことはできなかった。

「ふたりとも、今の斬り込みでは、敵を討てぬ。……いいか、おれを敵の西宮と思って斬りつけるのだ。おれの体は、厚い板が守っている。ふたりが、どんなに強く斬りつけても、板が割れるようなことはない」

桑兵衛が、語気を強くして言った。

ゆいと小太郎は桑兵衛から離れ、それぞれの武器を手にして身構えた。

桑兵衛は手にした刀を振り上げ、一歩踏み込んで斬り下ろすと、

「小太郎、いまだ！」

と、声をかけた。桑兵衛は実際の敵討ちを想定し、さまざまな動きをして、ゆいと小太郎に斬り込ませようとしたのだ。

「父の敵！」

小太郎が踏み込み、手にした脇差を桑兵衛の脇腹にむかって斬りつけた。

ガツ、と、板を突き刺す音がした。

「ゆい！」

桑兵衛が、ゆいに声をかけた。

「父の敵！」

ゆいも、小太郎と同じように声を上げ、手にした懐剣を桑兵衛の背に突き刺した。板を突き刺す音がし、懐剣がとまった。ゆいは懐剣を手にしたまま桑兵衛に身を寄せている。

「いいぞ！　これなら、ふたりで敵を討つことができる」

桑兵衛が、満足そうな顔をしてふたりに言った。

ゆいと小太郎は、それぞれの武器を手にしたまま桑兵衛から離れた。ふたりの顔は紅潮《こうちょう》し、目には強いひかりが宿っている。

「いま、一手！」

桑兵衛が、姉弟に声をかけた。

「はい！」

ゆいと小太郎は同時に応え、それぞれの場にもどった。

第五章　仇討《あだう》ち

1

狩谷道場に、六人の男が集まっていた。唐十郎、桑兵衛、弥次郎、弐平、それに松村と小島である。

「ゆいと小太郎は、どうする」

桑兵衛が訊《き》いた。

ゆいと小太郎は半刻《はんとき》（一時間）ほど前に道場に来て、今は母屋《おもや》に行っていた。母屋の庭で、それぞれ懐剣《かいけん》や脇差《わきざし》を手にして稽古《けいこ》をしているはずだ。

唐十郎は、ゆいと小太郎に、敵討《かたきう》ちの稽古をさせたかったので、この場を外させたのである。

「西宮の居所がはっきりしてから、連れていきましょう。それに、腰物奉行の田沼をこのままにしておくことはできません。……此度《こたび》の件の裏で、密かに指図《さしず》をしていたのは、田沼のようです。田沼の悪事を暴《あば》かねば、殺された平松どのも浮かばれないでしょう」

唐十郎が言うと、その場にいた男たちがうなずいた。

「おれは道場に残って、ゆいと小太郎と仇討《あだう》ちのための稽古をする。大勢で行くと、人目を引くからな」

桑兵衛が言った。

「分かりました」

そう言って、唐十郎が立ち上がると、弥次郎たち四人も腰を上げた。

唐十郎たちは道場を出ると、いったん御徒町通りに出てから、田沼家の屋敷のある下谷の長者町の方にむかった。

唐十郎たちは、人目を引かないように間をとって歩いた。先にたったのは、唐十郎と弐平である。唐十郎は、仲間たちとの連絡にあたるのに、弐平が適役だと思ったのだ。

唐十郎たちは下谷長者町までくると、町人地と武家地の境にある通りに入った。そして、そば屋の栄屋の脇まで来て足をとめた。

斜向《はすむ》かいに、田沼家の屋敷が見えた。以前、見たときと変わりはないようだ。

唐十郎は、後続の弥次郎、弐平、松村、小島の四人がそばに来るのを待ってから、

「田沼家の屋敷は、変わりないようだ」

と言って、屋敷を指差した。

「西宮は、屋敷に来てやすかね」

弐平が言った。

「分からぬ。屋敷のなかにだれがいるか、知りたいが……」

唐十郎は、屋敷内の様子によっては踏み込んでもいいと思っていた。

「あっしが、様子を見てきやしょうか」

そう言って、弐平はその場から離れようとした。

歩き出した弐平の足が、ふいにとまった。

唐十郎が屋敷に目をやると、中間《ちゆうげん》と武士が築地塀《ついじべい》の脇の小径《こみち》を歩いてくる。武士は羽織袴《はおりはかま》姿だった。初老らしく、鬢《びん》や髷《まげ》に白髪《しらが》が混じっていた。中間は、武士の従者らしい。

「あの武士に、訊いてみやすか」

弐平が言った。

「武士は、見たところ用人らしいな」

弥次郎が言った。

「用人なら、田沼と西宮のことに、詳しいはずです」

松村が身を乗り出した。

「よし、武士を捕らえよう。……ただ、屋敷から離れてからだ。おれたちが捕らえたことを、西宮や田沼に知られたくないからな」

唐十郎が、男たちに目をやって言った。

唐十郎たちは、田沼家の屋敷から出てきたふたりの目にとまらないように、栄屋の脇に身を寄せた。

中間と武士は通りに出ると、唐十郎たちの前を通って武家地に通じる道に入った。ふたりは、足早に歩いていく。

唐十郎たちは、ふたりが遠ざかってから跡をつけ始めた。二人が振り返っても、気付かれないように、離れて歩いていく。

前を行く中間と武士は武家地に出ると、東に足をむけた。その通りは、御徒町につづいている。

中間と武士が御徒町通りに近付いたとき、

「ふたりを捕らえるぞ」

と、唐十郎が声をかけ、小走りになった。近くにいた弐平と弥次郎も足を速め、唐十郎と一緒になった。松村と小島は、まだ後方にいる。

唐十郎たち三人が中間と武士に迫ると、ふたりは背後の足音に気付いたらしく、足をとめて振り返った。

武士は戸惑《とまど》うような顔をした。唐十郎たちが何者か、分からなかったからだろう。中間も、逃げずにその場に立っている。

唐十郎は武士に近付くと、

「田沼家に仕《つか》える者か」

すぐに、訊いた。

「そ、そうだが、そこもとは」

武士が、声をつまらせて訊いた。

「平松家と、所縁《ゆかり》のある者だ」

唐十郎が言うと、武士の顔が強張《こわば》り、その場から逃げようとした。唐十郎が何者か分かったらしい。

「逃がさぬ！」

弥次郎が武士の前にまわり込み、素早く抜刀《ばっとう》して、切っ先を武士の喉元にむけた。

中間は逃げようとせず、蒼褪《あおざ》めた顔で、その場に立ちすくんでいる。

そこへ、後方にいた松村と小島が走り寄り、武士と中間を取り囲んだ。

「な、何者だ」

武士が声を震わせて訊いた。

「腰物奉行に所縁のある者でな。おぬしに、訊きたいことがあるのだ。おとなしくしていれば、手荒なことはせぬ」

唐十郎が言った。

その場に集まった唐十郎たちは、武士と中間を取り囲むようにして、狩谷道場に連れていった。

2

唐十郎たちが道場内に入って間もなく、母屋にいた桑兵衛が顔を出した。道場の物音を耳にしたらしい。

「ゆいと小太郎は」

唐十郎が訊いた。

「母屋に残してきた」

そう言った後、桑兵衛は唐十郎たちが捕らえてきた武士と中間に目をやり、

「その男は」

と、訊いた。

「田沼家に仕える用人の井川孫左衛門《いがわまござえもん》と中間の元吉《もときち》です」

唐十郎が言った。ここに来る途中、唐十郎たちは、ふたりの男から名と身分を聞いていたのだ。

井川と元吉は道場のなかほどに座らされ、蒼褪めた顔で身を顫《ふる》わせていた。

「ふたりに訊けば、西宮の居所が知れるはずです」

唐十郎が言った。

「訊いてみてくれ」

そう言って、桑兵衛は身を退《ひ》いた。

唐十郎は井川の前に立ち、

「ここは、狩谷道場だ。道場の名は、聞いているな」

と、井川を見据《みす》えて訊いた。

井川が、ちいさくうなずいた。隠すことはないと思ったらしい。

「ここに、殺された腰物奉行の平松どののふたりの子が、剣術を習いにきていることは知っているか」

唐十郎は、ゆいと小太郎の名を出さずに訊いた。

「は、話を聞いたことはある」

井川は声をつまらせて言った。

「姉弟《きようだい》はまだ子供だが、ここに稽古に来ている理由も知っているな」

「……」

井川は、虚空《こくう》に目をやったまま口をつぐんでいる。

「田沼家の用人なら、西宮という男が田沼家の屋敷に出入りしていることは、知っているはずだ」

唐十郎が、矛先《ほこさき》を変えて訊いた。

井川は口をつぐんでいたが、ちいさくうなずいた。西宮のことは、隠しきれないと思ったようだ。

「西宮が、腰物奉行の平松さまを斬り殺したことも知っているな」

唐十郎が語気を強くした。

井川は口をひらかなかったが、ちいさくうなずいた。顔が蒼褪め、体の顫えが激しくなっている。

「ところで、青田という武士を知っているか」

唐十郎が青田の名を出して訊いた。

井川はハッとしたような表情を浮かべて、唐十郎を見た後、

「あ、青田どのを捕らえたのは、おぬしたちか」

と、声を震わせて訊いた。

「そうだ。青田が、何もかも話したのでな。西宮が、辻斬りの仕業《しわざ》と見せて平松どのを斬り殺した理由も分かった」

「……………！」

井川が、驚いたような顔をした。

「西宮は平松どのに代わって、腰物奉行の座につくために殺したのだな」

唐十郎が、念を押すように訊いた。

井川は戸惑うような顔をして口をつぐんでいたが、

「そうだ」

と、肩を落として認めた。

「やはり、そうか」

唐十郎はそうつぶやいた後、いっとき虚空を見つめていたが、

「腰物方の者が、すぐに腰物奉行の後釜《あとがま》に座れるのか」

内心、疑問に思っていたことを訊いた。

「腰物奉行であられる田沼さまの推挙があれば、腰物奉行になれる可能性が高いと耳にしたことがあるが……」

井川は語尾を濁《にご》した。はっきりしないのだろう。

「他にも、平松どのを殺した理由があるのか」

唐十郎が声をあらためて訊いた。

「噂《うわさ》なので、はっきりしたことは分からないが……」

井川はそう口にした後、

「田沼さまと平松さまの間には、確執《かくしつ》があったと聞いたことがある」

と、小声で言い添えた。井川は、隠さずに話すようになった。西宮のことを話したので、田沼家にはもどれないと覚悟を決めたのかもしれない。

「それで」

唐十郎は話の先をうながした。

「平松さまは、やり手だったらしい。腰物奉行はふたりだけだったので比較されることが多く、田沼さまはやりづらかったのではないかと……」

井川が首をすくめて言った。

「それで、田沼は西宮に指示し、辻斬りの仕業とみせて、平松さまを殺させたのか」

唐十郎の声に、昂《たかぶ》った響きがあった。胸に込み上げてきた怒りのせいである。

そばにいた桑兵衛たちの顔にも、怒りの色があった。

「田沼家の屋敷に、西宮はいるのか」

と、怒りを抑えて唐十郎が訊いた。

「おれたちが屋敷を出るときはいたが、いまもいるかどうか、分からない」

井川が言った。

「そうか」

唐十郎は、井川の脇に座していた中間の元吉に、

「西宮弥三郎を知っているな」

と、声をあらためて訊いた。

「知ってやす」

元吉は、すぐに答えた。

「西宮は田沼家の屋敷に頻繁《ひんぱん》に姿を見せるようだが、供は連れずに来るのか」

唐十郎が訊いた。

「中間を連れて来るときもありやすが、ひとりのときが多いようで」

「それで、田沼家から帰るのは、何時《なんどき》ごろだ」

唐十郎は、敵討ちのことを考えて訊いたのだ。

「陽が沈むころが多いようでさァ」

「屋敷を出るのは、陽が沈むころか」

唐十郎は、道場の格子窓《こうしまど》に目をやった。

陽は沈みかけているらしく、格子窓から淡《あわ》い茜色《あかねいろ》の陽が差し込んでいる。

「今日は、無理か」

唐十郎がつぶやいた。

3

唐十郎は、傍《かたわ》らに座している桑兵衛に目をやり、

「何かあったら、訊いてください」

と、声をかけた。

「田沼弥之助だが、出仕のおりの供は、何人ほどだ」

桑兵衛が、井川に訊いた。

「十二、三人です」

井川によると、田沼家は五百石の家柄なので、侍が二人、それに、馬の口取《くちとり》、槍《やり》持《もち》、草履取《ぞうりと》りなど、総勢十人ほどの供を連れていくという。

「人数が多いな」

桑兵衛はいっとき口をつぐんでいたが、

「供をすくなくして、屋敷を出るときはないのか」

と、井川に顔をむけて訊いた。桑兵衛は、田沼を何とかして討ちたいと考えていたのだ。

「町奉行所に行った晩は、供がすくないようです」

井川が言った。

「話してくれ」

「田沼さまは町奉行所で、将軍の御佩刀《ごはいとう》の斬れ味をお試しになるときがあります」

井川によると、小伝馬町《こでんまちよう》の牢屋敷で罪人を処刑するおり、将軍の佩刀のお試しをすることがあるそうだ。持参した佩刀で、実際に斬れ味を試すらしい。試し斬りをするのは別人だが、田沼もその場に立ち会って見届けるという。

「奉行所からの帰りに、血の汚れを流したいという気持ちもあって、密かに料理屋などに立ち寄ることがあるようです。そのようなおりは、従者《とも》を先に帰し、気心の知れた者だけが一緒のようです」

井川の話を聞いた桑兵衛は、……平松どのが殺された晩、従者がいなかったのは、牢屋敷からの帰りに立ち寄ったからだろう。

と、胸の内でつぶやいた。

「ところで、牢屋敷に行く日は分かるのか」

桑兵衛が訊いた。

「われわれには、分かりません」

「そうか」

桑兵衛は、田沼が奉行所から帰るときを狙って討つのは、むずかしいと思った。

「田沼だが、他に御忍びで屋敷を出るようなことはないのか」

桑兵衛が声をあらためて訊いた。

「あります」

すぐに、井川が言った。

「何処《どこ》だ」

「下谷大門町《だいもんちょう》にある繁乃屋《しげのや》という料理屋です。……女将《おかみ》を贔屓《ひいき》にしていて、御忍びで行くことがあります」

「繁乃屋か」

桑兵衛は、田沼が御忍びで屋敷を出るときを狙って討とうと思った。

桑兵衛が身を退くと、

「おれが知っていることは、隠さずに話した。屋敷に帰してくれ」

井川が、身を乗り出すようにして言った。

「帰せだと。おぬし、死にたいのか」

唐十郎が言った。

「……………！」

井川が、息をつめて唐十郎を見た。体が顫えている。唐十郎に、殺されると思ったらしい。

「田沼は、屋敷に帰っているだろう。おぬしたちが夜になって屋敷にもどれば、田沼は、何処へ行っていたか、かならず訊くぞ。おぬしは、どう答えるのだ」

「そ、それは」

井川が声をつまらせた。顔から血の気《ちけ》が引いている。

「おぬしが、おれたちに捕らえられ、田沼のことを喋《しゃべ》ったと知れば、田沼はおぬしたちを許さないはずだ。その場で殺されるか、腹を切らされるか。……いずれにしろ、生きて屋敷を出られまい」

「そうかも知れぬ……」

井川の体が、顫えだした。

「身を隠すところはあるか」

唐十郎が訊いた。

井川は強張った顔で、いっとき口を閉じていたが、

「お、伯父《おじ》が、神田駿河台《するがだい》にいます。長い間でなければ、匿《かくま》ってくれるはずです」

と、声を詰まらせて言った。

井川によると、伯父は非役の御家人で、奥向《おくむき》は苦しいが、すこしの間なら匿ってくれるという。

「そこに、しばらく身を隠すのだな」

唐十郎が言った。

その晩、唐十郎たちは、捕らえた井川と中間の元吉を道場に拘禁《こうきん》しておいた。そして、翌朝、唐十郎と桑兵衛は井川たちと改めて話し、心変わりをした様子がなかったので、二人の縄を解《ほど》いてやった。

ふたりが道場から出て行くと、

「先に、田沼と西宮のどちらを狙いますか」

唐十郎が、桑兵衛に訊いた。田沼と西宮が、一緒にいる場を狙うのは難しい。それに、家臣もいるはずである。

「ゆいと小太郎に、敵を討たせてやりたい」

桑兵衛が言った。

「姉弟の敵討ちを先にしましょう」

唐十郎の声が、昂っていた。姉弟の敵討ちが間近に迫っているのを感じたからだろう。唐十郎は母屋に行き、ゆいと小太郎を道場に連れてきた。

桑兵衛が、明日にも父の敵を討ちに出かけることを話し、

「今夜は、ゆっくり休め」

と姉弟に声をかけ、道場にいた松村たちと一緒に屋敷に帰した。

4

翌日、ゆいと小太郎が松村たちと一緒に道場に姿を見せると、

「敵の西宮は、陽が沈むころ、田沼家の屋敷を出ることが多いようだ。西宮が御徒町にある屋敷に帰る途中、仕掛ける」

桑兵衛は、姉弟に言った。

ゆいと小太郎の顔が緊張で強張ったが、双眸《そうぼう》は強いひかりを帯びている。

「これまで、ふたりが稽古したとおりにやれば、必ず西宮を討てる。それに、おれが助太刀《すけだち》にくわわる」

桑兵衛が言うと、ゆいと小太郎はいくぶん表情を和《やわ》らげた。

「おれたちも一緒に行くが、敵討ちにはくわわらない。西宮を逃がさぬように、離れた場所で見ているつもりだ」

そう言って、唐十郎はそばにいる松村と小島に目をやった。

ふたりは、無言のままうなずいた。ふたりの顔にも、緊張の色があった。ふたりにとっても、敵討ちは他人《ひと》ごとではなかった。ゆいと小太郎に敵を討たせるために、狩谷道場に通わせたといってもいいのだ。

「まだ、道場を出るのは、早い。体をほぐす程度に、稽古をするか」

桑兵衛が、穏《おだ》やかな声で姉弟に声をかけた。昂った気持ちを和らげてやろうと思ったようだ。

「はい！」

ふたりは、ほぼ同時に声を上げた。

桑兵衛たち三人は、稽古の支度《したく》をした。支度といっても、これまでの稽古のときと同じように襷《たすき》をかけたり、着物の裾《すそ》を帯に挟んだりするだけである。ただ、敵討ちに臨《のぞ》むときは、白鉢巻《しろはちまき》をすることになっていた。

いつもと変わらず、桑兵衛が道場のなかほどに立ち、ゆいは敵役の桑兵衛の背後、小太郎は左側に立った。

実際の敵討ちのときは、桑兵衛が敵である西宮の前に立ち、ゆいは西宮の背後、小太郎は左手にまわり込むことになっていた。

それから、桑兵衛、ゆい、小太郎の三人は、半刻（一時間）ほど稽古をつづけた。

桑兵衛は手にした木刀を下ろし、

「いいぞ。ふたりとも、いまのような動きをすれば、かならず西宮を討てる」

と、姉弟に声をかけた。

桑兵衛は、ふたりを疲れさせないように早目に切り上げたのだ。

桑兵衛たちは、とせが母屋で支度してくれた握《にぎ》りめしを食べて腹拵《はらごしら》えをしてから道場を出た。

陽は頭上にあった。西宮が自分の屋敷に帰るために田沼家の屋敷を出るまで、時間は十分にある。

桑兵衛たちは、下谷の長者町の近くまで行くつもりだった。西宮が田沼屋敷から自分の屋敷に帰る道筋で、待ち伏せるのだ。

桑兵衛たちは、歩きながら道沿いにあった旗本屋敷に目をとめた。その屋敷をかこった築地塀の陰《かげ》に身を隠そうと思ったのだ。そこは塀の陰といっても、隣の屋敷との間にある小径である。

「西宮は、田沼家からの帰りに、ここを通るはずだ」

唐十郎が言った。

それから、半刻（一時間）ほど過ぎたが、西宮は姿を見せなかった。

「それがしが、様子を見てきます」

弥次郎が言い、ひとりその場を離れた。

弥次郎の姿が通りの先にちいさくなったとき、不意に足をとめて反転した。そして、足早に唐十郎たちのところに戻ってきた。

「に、西宮が、来ます。大勢です」

弥次郎が、声をつまらせて言った。驚いたような顔をしている。

「大勢だと！」

唐十郎は、築地塀の陰に身を隠したまま通りの先に目をやった。

遠方ではっきりしないが、西宮らしき男が、七人もの供を連れて、こちらに歩いてくる。供は、若党や中間らしかった。なかには、槍を手にしている者もいる。まるで、小身の旗本の供揃いのようだ。

「西宮と一緒にいる者たちは、田沼家の奉公人ではないですか」

唐十郎が言った。

「そのようだ。おれたちの襲撃にそなえて、連れてきたのかもしれぬ」

桑兵衛は、西宮たちの一行を睨むように見据えた。

「黙って見逃すのですか」

唐十郎は、西宮たちの一行に目をやっている。

「いや、ここで、西宮を討とう」

桑兵衛は、その場にいる唐十郎たちに言った後、

「支度をしろ！」

と、ゆいと小太郎に声をかけた。

ゆいと小太郎は、すぐに敵討ちのための支度を始めた。支度といっても簡単であ

る。襷で両袖を絞り、鉢巻を締め、袴や着物の裾を帯に挟んで動きやすくするだけである。ゆいと小太郎は、連日のように稽古を始める前、敵討ちのための支度をしていたので、慣れていた。

桑兵衛は股立《ももだち》をとっただけで、襷もかけなかった。居合の技は、相手の人数や様々な場所を想定して工夫されていた。そのため、稽古のおりに稽古着に着替えたり、襷をかけたりしないこともあったのだ。

唐十郎たち四人も、戦いの支度をした。やはり、用意した細紐で襷をかけ、袴の股立を取っただけである。

西宮たちの一行が半町ほどに近付いたとき、小太郎がその場から通りに飛び出そうとした。

桑兵衛が、小太郎の肩先を押さえ、

「逸《はや》るな！　いま飛び出すと、西宮に逃げられるぞ」

と、声をかけた。

小太郎はうなずいて、身を退いた。そして、ゆいのそばに立ち、あらためて通りの先に目をやった。

ゆいも小太郎も緊張しているらしく、顔が強張り、肩先が顫えている。

5

西宮は、七人もの供を従えていた。侍と若党らしき男が五人。中間はふたりである。西宮は唐十郎たちの襲撃に備え、田沼家に仕える侍と若党を同行したのだろう。西宮たちは、周囲に目を配りながら歩いてくる。唐十郎たちの襲撃を警戒しているようだ。

西宮たち一行が、唐十郎たちが身を隠している築地塀に近付いてきた。あと十間ほどで、唐十郎たちの前までくる。

「行くぞ！」

桑兵衛が声をかけた。

築地塀の陰に身を隠していた唐十郎たち七人が、一斉《いっせい》に通りに飛び出した。

桑兵衛、ゆい、小太郎、松村の四人が、西宮の前に。唐十郎、弥次郎、小島の三人が、背後にまわり込んだ。

「敵だ！」

西宮の前にいた若党が声を上げた。

「討ち取れ！」

西宮は従者たちに命じ、自分も刀の柄《つか》に手をかけた。西宮は剣の遣《つか》い手《て》であり、唐十郎たちの襲撃を予想していたらしく、慌《あわ》てた様子はなかった。

若党と侍たちは次々に抜刀し、正面にいる桑兵衛や背後にまわった唐十郎たちに切っ先をむけて身構えた。

桑兵衛は西宮の前に立ち、

「ここにいるふたりは、平松八右衛門どのの忘れ形見《がたみ》のゆいと小太郎。ふたりに、助太刀いたす！」

と声を上げ、刀の柄に右手を添えた。

すぐに、小太郎が西宮の左手に立った。ゆいは、西宮の背後にまわり込もうとしたが、若党がひとり立っていて、まわり込めない。仕方なく、ゆいは小太郎の脇に立ち、懐剣を手にして身構えた。

「父の敵！」

小太郎が、脇差を手にして声を上げた。目がつり上がっている。ゆいも顔が蒼褪め、手にした懐剣が震えていた。

桑兵衛は腰を沈め、居合の抜刀体勢をとった。

「返り討ちにしてくれるわ！」

西宮は刀を抜き、切っ先を前に立った桑兵衛にむけた。

このとき、唐十郎は侍のひとりに体をむけ、居合の抜刀体勢をとっていた。唐十郎は、ゆいたちを侍から守ろうとしたのだ。弥次郎や松村たちも、それぞれ若党や中間に切っ先をむけている。

唐十郎と対峙《たいじ》していた侍は上段に構えていたが、いきなり、甲走《かんばし》った気合を発して斬り込んできた。

上段から真《ま》っ向《こう》へ——。

一瞬、唐十郎は、侍の胴を狙って居合の抜き付けの一刀を横一文字に払った。キラッ、と刀身が光り、切っ先が敵の胴を薙《な》いだ。稲妻《いなずま》と呼ばれる小宮山流居合の技である。

侍は手にした刀を取り落とし、両手で腹を押さえてうずくまった。指の間から、血が赤い筋を引いて流れ落ちている。

唐十郎はうずくまった侍にかまわず、そばにいた中間に切っ先をむけた。抜刀したので、居合は遣えなかったが、相手は中間である。しかも、武器も手にしていなかった。たやすく、斬ることができる。

「た、助けて！」

中間が、逃げ出した。

このとき、唐十郎のそばにいた弥次郎が仕掛けた。前にいた若党に、居合で抜き打ちの一刀をみまったのだ。

弥次郎の袈裟へ斬りつけた一撃が、若党の肩から胸にかけて斬り裂いた。若党は、悲鳴を上げて後ろへ逃げた。小袖が裂け、露《あら》わになった肌が血に染まっている。

唐十郎は、あらためてゆいと小太郎に目をやった。ゆいは懐剣を、小太郎は脇差を西宮にむけている。

これまでの稽古通り、姉弟は敵の西宮に対応していた。ふたりとも気が昂っているようだが、怯《おび》えや恐れの色はない。

一方、桑兵衛は、西宮を前にして居合の抜刀体勢をとっていた。

……父上に任せておけばいい。

唐十郎は思い、そばにいた若党に近寄った。すでに、抜刀した刀は鞘《さや》に納めてあったので、居合の技を遣うことができる。

唐十郎が若党の前に立つと、若党は手にした刀を唐十郎にむけた。若党は真剣勝負の恐怖と気の昂りのせいで、体が硬くなっているらしい。切っ先が、小刻みに震えている。唐十郎は刀の柄に右手を添え、腰を沈めて居合の抜刀体勢をとったまま若党との間合をつめた。

若党は青眼に構え、切っ先を唐十郎にむけたまま後じさった。唐十郎の隙《すき》のない構えと気魄《きはく》に圧倒されている。


桑兵衛は西宮と対峙し、居合の抜刀体勢をとっていた。小太郎は脇差を手にして、西宮の左手に立っていた。ゆいは小太郎の脇に立ち、懐剣を手にして身構えている。姉弟は、気が昂っていたが、恐怖の色はなかった。

桑兵衛は抜刀体勢をとったまま趾《あしゆび》を這《は》うように動かし、ジリジリと西宮との間合を狭《せば》めていく。

一方、西宮は青眼に構えたまま動かなかった。桑兵衛との間合を読み、斬撃《ざんげき》の機を窺《うかが》っている。だが、西宮はゆいと小太郎に気を配っていたこともあり、桑兵衛の気魄に押されていた。

そのとき、中間の悲鳴とその場から逃げ出す足音が聞こえた。この声に誘発されたのか、西宮の近くにいた侍のひとりが、ふいに反転して走りだした。

西宮は青眼に構えたまま後じさり、桑兵衛との間合があくと、

「勝負、預けた！」

叫びざま、反転した。逃げたのである。

「逃げるか！」

桑兵衛は、西宮の跡を追った。ゆいは懐剣を、小太郎は脇差を手にしたまま桑兵衛についていく。

これを見た若党や侍たちも、それぞれの相手から身を退いて、抜き身を手にしたまま逃げ出した。

唐十郎たちも、桑兵衛やゆいたちの跡を追った。だが、半町ほど走ると、西宮の後ろ姿が、桑兵衛たちの先にちいさくなっていった。逃げ足が速い。

桑兵衛たちが、足をとめた。追うのを諦《あきら》めたらしい。

唐十郎は、桑兵衛たち三人が立っている場に近付いた。三人は荒い息を吐きながら、遠ざかっていく西宮たちの後ろ姿に目をやっている。

6

「逃げられた」

桑兵衛が顔をしかめて言った。まだ、息が乱れている。

そこへ、弥次郎たちも走り寄った。手傷を負った者はいたが、いずれもかすり傷だった。

「どうします」

弥次郎が訊いた。

「このまま帰って、出直す気にはなれん」

桑兵衛が言うと、唐十郎や松村たちがうなずいた。ゆいと小太郎は無言だったが、西宮たちが逃げた先を睨むように見据えている。

「西宮たちが逃げた先は、分かっています」

唐十郎が言うと、その場にいた者たちの目が唐十郎に集まった。

「この先には、田沼家の屋敷があります。西宮は、出てきた屋敷にもどったにちがいありません」

唐十郎が、通りの先に目をやって言った。

「田沼家の屋敷に踏み込むか」

桑兵衛が、男たちに訊いた。

「行きましょう」

唐十郎が言うと、ゆいと小太郎がうなずいた。松村や小島からも、「屋敷に踏み込みましょう」と言う声が聞こえた。

唐十郎たちは、通りを西にむかった。通りの先は、町人地につづいていた。そこは、下谷長者町である。町人地に入る手前で、右手の道に入れば、田沼家の屋敷のそばに出られる。唐十郎たちは何度か通った道なので、田沼家までの道程《みちのり》も分かっていた。

唐十郎たちは右手の道に入り、通り沿いにあるそば屋の栄屋の脇まで来て足をとめた。そこは、唐十郎たちが田沼家の屋敷を見張った場所だった。斜向《はすむ》かいに、田沼家の屋敷が見える。

「西宮たちは、屋敷内に逃げ込んだはずだ」

唐十郎が言った。

「踏み込みますか」

弥次郎は意気込んでいる。

「待て！　田沼が帰っていると、厄介《やっかい》だぞ。供の侍や若党も屋敷にいるはずだ。大勢ではないだろうが、西宮や田沼にとって、屋敷は自分の城のようなところだ。……下手に踏み込めば、敵討ちどころか、返り討ちにあう」

桑兵衛が言った。胸の内では、田沼も討たねば、殺された平松の敵を討ったことにならない、と思っていた。平松八右衛門を斬殺したのは西宮だが、西宮を陰で操り、平松を殺させたのは田沼である。

……だが、ここで、西宮を田沼と一緒に討つことはできない。

と、桑兵衛はみていた。

田沼が屋敷内にいれば、腰物奉行の仕事を終え、供侍や中間なども一緒に屋敷にもどったとみていい。そこへ、逃げてきた西宮たちがくわわったことになる。しかも、桑兵衛たちが踏み込めば、戦いの場が、西宮や田沼たちが熟知している屋敷内か敷地になるのだ。西宮たちの方が有利である。

「それがしが、様子を見てきます」

そう言って、弥次郎がその場を離れた。

唐十郎たちは、田沼家の屋敷内にいる者の目にとまらないように、栄屋の脇に身を隠して弥次郎がもどるのを待った。

弥次郎は、田沼家の屋敷の脇の道をたどって屋敷にむかった。そして、屋敷の近くまで行くと、道の端に屈《かが》んだ。その場に身を隠して、聞き耳をたてているようだ。

いっときすると、弥次郎は立ち上がり、足早に唐十郎たちのいる場にもどってきた。

「田沼はいたか」

すぐに、桑兵衛が訊いた。

「まだ、屋敷に帰ってないようです」

弥次郎によると、屋敷から聞こえたのは、数人の男の声だという。その会話のなかで、「お奉行は、まだ帰らないのか」という声が聞こえたそうだ。

「西宮を討つなら、いまだな」

桑兵衛が、その場の者たちに聞こえる声で言った。

「踏み込みましょう」

唐十郎が身を乗り出した。

桑兵衛が脇にいたゆいと小太郎に、

「今度こそ、父の敵を討つ」

と小声で伝えた。ふたりは、屋敷を睨むように見据えて頷いた。

「おれと師範代が、先にたつ」

唐十郎が、弥次郎に目をやって言った。ゆいと小太郎の敵討ちのことは、桑兵衛に任せようと思ったのだ。

唐十郎と弥次郎が先にたち、足音を忍ばせて屋敷の脇の道をたどって屋敷にむかった。桑兵衛、ゆい、小太郎がつづき、その後に松村と小島がついた。

唐十郎と弥次郎は、田沼家の屋敷の前で足をとめた。片番所付の長屋門だった。門《もん》扉《ぴ》は閉じてあったが、わきのくぐりがすこし開いていた。西宮たちが屋敷に帰ったときに、門番があけ、そのままになっていたらしい。

門番所は、ひっそりとしていた。唐十郎たちがくぐりから入ろうとすると、門番が慌てた様子で出てきた。

「われらは、さきほどここを通った西宮どの配下の者でござる。西宮どのに至急お伝えすることがあって参った」

唐十郎が、もっともらしく言った。

門番は不審そうな顔をしたが、唐十郎が西宮の名を口にしたこともあって、唐十郎に頭を下げて、門番所にもどった。

門番にしてみれば、多少不審に思っても、武士が何人もくぐりから入ってきたので、身を退かざるを得なかったのだろう。

門の突き当たりが、玄関になっていた。付近に人影はなかったが、屋敷内で何人もの声がした。いずれも、武士らしい。そのやり取りのなかに、西宮どの、と呼ぶ声もした。西宮は、屋敷内にいるようだ。

唐十郎は、桑兵衛やゆいたちが近付くのを待ち、

「西宮は屋敷にいるようです。外に呼び出しますから、近くに身をひそめていてください」

と、桑兵衛に言った。

「いや、おれが呼び出す」

桑兵衛は、その気になっている。

すぐに、唐十郎、弥次郎、小島の三人が、玄関の脇に身を隠した。

玄関先に立ったのは、桑兵衛、ゆい、小太郎、松村の四人である。

「呼び出すぞ」

桑兵衛は、そばにいるゆいたちに伝えた後、

「西宮弥三郎！　表に出ろ」

と、大声を上げた。

その声で、屋敷内で聞こえていた話し声が、はたとやんだ。いっとき屋敷内は静《せい》寂《じゃく》につつまれていたが、「狩谷道場の者だ！」「ここまで、追ってきたらしいぞ」などという声が聞こえた。そして、障子を開け放つ音につづいて、廊下を走る何人もの足音が響いた。大勢で、玄関に来るようだ。

7

玄関から、若党らしいふたりの男につづいて西宮が顔を出した。さらに、その背後に、数人の侍と若党らしい男の姿が見えた。

「うぬらか！」

西宮が、叫んだ。顔に驚きと憤《ふん》怒《ぬ》の色がある。屋敷内まで桑兵衛たちが踏み込んでくるとは思わなかったのだろう。

「西宮、表に出ろ！」

桑兵衛が、西宮を見据えて言った。

「うぬ……」

西宮は戸惑うような顔をして、その場につっ立っている。

「それとも、屋敷内でやるか。……望むところだ。居合は、狭い屋敷内での立ち合いも工夫されているからな」

桑兵衛が言った。

「表に出よう。うぬら、ひとりも生かして帰さぬぞ」

そう言って、西宮はそばにいる侍や若党に目をやった。

侍や若党たちが、無言で頷いた。戦う気になっている。おそらく、西宮だけでなく当主である田沼からも、桑兵衛たちのことを聞いていたのだろう。

桑兵衛たちは、玄関の前から身を退いた。西宮たちが、出てこられるだけの間を取ったのである。

西宮につづいて、五人の男が出てきた。屋敷内にいた侍や若党たちである。五人の顔は、強張っていた。真剣で斬り合った経験がないのかもしれない。

西宮たちが、玄関から離れたときだった。唐十郎、弥次郎、小島の三人が玄関の脇から飛び出し、西宮たちの背後にまわり込んだ。

「敵だ！」

若党のひとりが叫んだ。

西宮につづいて出てきた侍や若党たちが、ギョッとしたような顔をして、その場に立ち竦《すく》んだ。

「大勢で、騙《だま》し討ちか!」

西宮が叫んだ。

「西宮、おぬしこそ、五人もの味方を連れてきたではないか」

桑兵衛はそう言った後、

「ゆい、小太郎、まわりこめ!」

と、指示した。

すぐに、ゆいは西宮の背後に、小太郎は西宮の左手にまわりこんだ。そして、ゆいは懐剣を、小太郎は脇差を手にして立った。ふたりは、西宮を睨むように見据えている。

桑兵衛は西宮の正面に立つと、腰を沈めて居合の抜刀体勢をとった。稽古のおりは、刀を手にして青眼に構え、切っ先を架空《かくう》の西宮にむけたが、いまは、ここに来る前に立ち合ったときと同様、居合で立ち向かうつもりだった。

西宮は青眼に構えると、切っ先を桑兵衛の目にむけた。腰の据わった隙のない構えである。

……腕を斬る！

桑兵衛は、胸の内で声を上げた。

居合の抜き付けの一刀で、西宮の右腕を斬るつもりだった。そして、西宮が構えをくずしたときに、ゆいたちに斬り込ませるのだ。

桑兵衛と西宮は、二間半ほどの間合をとって対峙したまま動かなかった。お互いが、斬撃の気配を見せて気魄で攻め合っている。

そのとき、ギャッという悲鳴がひびき、若党のひとりがよろめいた。姿を見せた唐十郎の斬撃を浴びたのである。

その悲鳴で、桑兵衛と対峙していた西宮に斬撃の気配が見えた。西宮が、青眼に構えたまま一歩踏み込んだ。

刹那《せつな》、桑兵衛の全身に抜刀の気が見えた。

桑兵衛の体が躍《おど》った瞬間、刀身の鞘走る音とともに閃光《せんこう》がはしった。

……袈裟《けさ》へ――。

稲妻のような一撃である。

桑兵衛の切っ先が、刀を手にした西宮の右腕をとらえた。

ザクリ、と西宮の右の前腕が裂けた。

西宮は手にした刀を取り落とし、前によろめいた。

「小太郎、今だ！」

桑兵衛が叫んだ。

「父の敵！」

叫びざま、小太郎は西宮の左手から踏み込んで斬りつけた。その切っ先が、小太郎に体をむけた西宮の肩から胸にかけてを斬り裂いた。

「ゆい、突け！」

桑兵衛が、ゆいに声をかけた。

ゆいは懐剣を手にして踏み込み、西宮の胸のあたりに突き出した。

懐剣が、西宮の胸に突き刺さった。

ゆいは、西宮に体を寄せたまま動かなかった。必死の形相《ぎょうそう》で、手にした懐剣を握りしめている。

西宮の体が揺れ、呻《うめ》き声が聞こえた。

そのとき、ゆいが身を退いた。

西宮は足を踏ん張って体勢をたてなおそうとした。だが、体がよろめき、腰から崩れるように転倒した。

俯《うつぶ》せに倒れた西宮は、立ち上がろうとして首をもたげたが、いっときすると、動かなくなった。

倒れた西宮の体のまわりの地面が、傷口から流れ出た血で赤い布を広げるように染まっていく。

ゆいは懐剣を、小太郎は脇差を手にしたまま強張った顔をして、血に塗《まみ》れた西宮に目をやっている。

桑兵衛は、ゆいと小太郎に近付き、

「見事、父の敵を討ったな」

と、声をかけてやった。

「か、狩谷さまたちの御陰《おかげ》です」

ゆいが涙声で言うと、小太郎が「狩谷さまたちみんなが、助けてくれたのです」と言って、唐十郎たちに目をやった。

このとき、唐十郎、弥次郎、小島の三人は、それぞれ屋敷から出てきた侍や若党たちと対峙していた。

唐十郎の近くで、若党のひとりが血塗れになって倒れていた。唐十郎の斬撃を浴びたらしい。

弥次郎と対峙していた長身の若党が、地面に倒れている西宮を目にし、慌てた様子で身を退き、

「西宮さまが、斬られたぞ！」

と、声を上げた。

すると、唐十郎に切っ先をむけていた若党が、

「退け！　退け！」

と、声を上げ、抜き身を手にしたまま反転して逃げだした。

小島に切っ先をむけていた侍も、身を退いて反転した。つづいて、弥次郎の前にいた若党も、屋敷のなかに逃げ込んだ。

唐十郎は、逃げた侍や若党を追わず、桑兵衛、ゆい、小太郎の三人のそばに走り寄った。そして、血に染まって倒れている西宮に目をやり、

「平松家の姉弟が、父の敵を討ったぞ！」

と、声高《こわだか》に言った。

唐十郎は、屋敷内にいる田沼の家族や家臣たちに聞こえるように声を上げたのだ。

西宮が、なぜ討たれたか知らせるためである。

屋敷内から、人声も物音も聞こえなかった。ひっそりと静まっている。家族や家臣たちは、息を静めて唐十郎が口にしたことを聞いていたにちがいない。

「引き上げよう」

桑兵衛が、その場にいた男たちに声をかけた。

第六章　首魁《しゅかい》

1

「ゆい、小太郎、見事父の敵《かたき》を討《う》ったな」

桑兵衛が、前に座しているゆいと小太郎に声をかけた。

「狩谷さまや道場の皆様の御陰《おかげ》です」

ゆいは、涙ぐんだ顔をしている。

ゆいは娘らしい衣装だった。着物も、これまでとは違った花柄の小袖《こそで》である。

そこは、狩谷道場だった。桑兵衛、ゆい、小太郎の他に唐十郎、松村、小島の三人の姿があった。

ゆいと小太郎が、父の敵の西宮弥三郎を討ってから五日経《た》っていた。ゆいたちは、あらためて礼に来たのである。

「いや、ゆいと小太郎が、厳しい稽古《けいこ》に耐えたからだ」

桑兵衛が、笑みを浮かべて言った。

「これからも機会があったら、剣術を指南してください」

ゆいが言うと、

「元服《げんぷく》したら、弟子《でし》になります」

小太郎が、身を乗り出して言った。

「いつでも来るといい。承知のとおり、門弟はほとんど来ないのでな。いつでも、存分に稽古できるぞ」

桑兵衛は苦笑いを浮かべたが、すぐに真顔になって、

「ふたりに、話しておくことがある」

と、声をあらためて言った。

「いまな、本間と弐平が、田沼家の屋敷を探りにいっている」

「父を殺した者が、西宮の他にもいるのですか」

ゆいが、驚いたような顔をして訊《き》いた。小太郎も息を呑《の》んで、桑兵衛に目をやっている。

「そうではない。この道場を守るためだ。田沼はこの道場の者が、田沼家の屋敷に乗り込んできて、家臣たちを斬ったとみているはずだ。……田沼はこのまま目をつぶっていたら、世間の笑い者になると思い、この道場に乗り込んできて、われらを討とうとするのではないかな」

「そうかもしれません」

ゆいが、眉《まゆ》を寄せて言った。

「田沼がこの道場に手を出さねばいいのだが、これまでも手の者が何度か道場に踏み込んできたからな。何をされるか分からない。それで、本間たちが、田沼家を探りに行っているのだ」

桑兵衛はそう話したが、田沼家を探りにいった理由は他にあった。

桑兵衛は、平松を暗殺した張本人は腰物奉行の田沼だとみていた。田沼は、同じ腰物奉行である平松を始末し、自分の息のかかった西宮を推挙して腰物奉行にすることで、腰物方は自分の意のままになると踏んだようだ。

田沼の意のままになれば、腰物奉行の仕事がやりやすくなるだけでなく、将軍への刀の献上、下賜《かし》などのおりの贈物なども自分だけで扱うことができる。

平松を手にかけたのは西宮だが、田沼が陰の暗殺者とみていい。それで、桑兵衛は田沼を斬らねば、此度《こたび》の事件の始末はつかないと思ったのだ。

ただ、ゆいと小太郎を、田沼の暗殺にくわえたくなかった。父の敵として西宮を斬った上に、確かな証《あか》しもなく腰物奉行の田沼を父の敵と称して殺したりすれば、平松家の行く末にかかわるだろう。

「田沼が、今後もこの道場に手を出すようであれば、おれたちも黙って見ているわけにはいかなくなる」

「……」

ゆいが、困惑《こんわく》したような顔をした。

「ゆいも小太郎も、何も心配することはないぞ。これは、狩谷道場と田沼との問題だからな」

桑兵衛が笑みを浮かべて言うと、ゆいは表情をやわらげた。

ゆいと小太郎はあらためて桑兵衛たちに礼を言ってから、立ち上がった。そして、松村、小島といっしょに道場を後にした。

桑兵衛は、ゆいと小太郎を見送った後、

「唐十郎、久し振りで稽古をするか」

と、唐十郎に声をかけた。

「お願いします」

唐十郎も、久し振りで父と居合の稽古をしたくなったのだ。

唐十郎たちは、小宮山流居合の中伝十勢の入身右旋から始め、入身左旋、逆風、水車と稽古をつづけた。そして、顔を汗がつたうようになったころ、弥次郎と弐平が道場に帰ってきた。

唐十郎と桑兵衛は稽古をやめ、道場のなかほどに腰を下ろした。そして、弐平たちが対座するのを待った。

「どうだ、田沼の様子は」

と、桑兵衛が訊いた。

「それが、田沼は西宮が殺されたことで、警戒しているようです。屋敷を出るおりも、多数の供を連れています」

弥次郎が話したことによると、通常の供である若党、侍《さむらい》、中間《ちゆうげん》などの他に、五、六人の武士が行列の前後についているという。

「おれたちの襲撃を恐れて、供を増やしたのだな」

桑兵衛が言った。

「そうみていいようです」

「下手に仕掛けると、返り討ちにあうな」

桑兵衛が顔を厳しくした。

次に口をひらく者がなく、道場内が重苦しい沈黙につつまれていたとき、

「田沼は、将軍の佩刀《はいとう》の斬れ味を試すために、小伝馬町の牢屋敷に行くことがあるという話だったな」

と、唐十郎が訊いた。

「あります」

すぐに、弥次郎が答えた。

「腰物奉行本人がやるわけではないが、腰物奉行の目の前で死罪人を実際に斬らせて、斬れ味を試すはずだ」

「そうでさァ。胴や手足まで、斬るそうですぜ」

弐平が口を挟んだ。

「斬殺を見た後の気分を晴らすために、奉行所から出た後、人目に触れないような場所で酒を飲むことがあると聞いているぞ。……平松どのも、料理屋で酒を飲んだ帰りに殺されたはずだ」

桑兵衛が、身を乗り出すようにして言った。

「そうです」

唐十郎が言った。

「下谷大門町に繁乃屋という料理屋があって、田沼は店の女将《おかみ》を贔屓《ひいき》にしていると聞いている。田沼は奉行所で試し斬りを見た後、御忍びで繁乃屋に出かけるのではないか。そのときに、討つ機会があるかもしれん」

「田沼が奉行所に出かけた夜、繁乃屋を見張り、田沼が姿を見せたら帰りに討てばいいのか」

唐十郎が、声を大きくして言った。

「そうだ。田沼がかならず繁乃屋に姿を見せるとは言い切れないが、奉行所に出かけた夜に繁乃屋を見張ってみたらどうだ」

「やりましょう」

唐十郎が言うと、その場にいた男たちがうなずいた。

2

唐十郎、弥次郎、弐平の三人が田沼家の屋敷を見張り、話の聞けそうな家士《かし》が出てくるのを待っていた。

唐十郎たちはこれまでと同じように、そば屋の栄屋の脇に身を隠して、田沼家の屋敷に目をやっている。

三人がその場に身を隠して一刻（二時間）ほどしたとき、ふたりの中間の姿が見えた。ふたりは、屋敷の脇の道を何やら話しながら歩いてくる。

「あっしが、訊いてきやす」

そう言い残し、弐平がその場を離れた。唐十郎と弥次郎は、弐平とふたりの中間に目をやっている。

弐平は、ふたりの中間が田沼家の屋敷を離れてから近付いた。屋敷の者たちの目に触れないようにそうしたらしい。

弐平はふたりの中間と何やら話しながら歩いていたが、いっときして弐平だけが足をとめた。ふたりの中間は、そのまま歩いていく。

弐平は唐十郎たちのいる場にもどるなり、

「知れやしたぜ、田沼が奉行所に出かける日が」

と、声をひそめて言った。近くを通りかかった者がいたので、聞こえないように気を使ったらしい。

「いつだ」

唐十郎も、小声で訊いた。

「三日後ですぜ」

「早いな」

「あっしが話を聞いた中間も、田沼の供で奉行所に行くそうで」

「それなら間違いないな」

唐十郎が言った。

「どうしやす。見張りをつづけやすか」

「これ以上、見張る必要はない。道場に帰って、父上に知らせよう」

唐十郎たち三人はその場を離れ、狩谷道場にむかった。

桑兵衛は道場でなく、母屋《おもや》にいた。唐十郎たち三人は、母屋の座敷で桑兵衛と顔を合わせた。

「旦那《だんな》、田沼が奉行所に行く日が知れやした。三日後でさァ」

すぐに、弐平が言った。

「三日後か。思っていたより、早いな」

「奉行所からの帰りを襲いますか」

唐十郎が訊いた。

「前にも話したが、繁乃屋に出入りする前後に討つつもりだ」

桑兵衛が語気を強くして言った。

三日後は、晴天だった。唐十郎、桑兵衛、弥次郎、弐平の四人は、陽が西の空にかたむいてから狩谷道場を出た。時間は十分にあった。田沼が奉行所から屋敷にもどり、繁乃屋に出かけるおりか、帰りに襲うつもりでいる。

唐十郎たちは、三日前と同じように栄屋の脇に身を隠した。そして、田沼家の屋敷に目をやった。

屋敷は、ひっそりとしていた。ときおり、中間や若党らしい男の声が聞こえるだけである。

「田沼は、屋敷に帰っているかな」

唐十郎がつぶやいた。

「帰っているはずだ。……繁乃屋に行くのは、まだすこし早いがな」

桑兵衛は、屋敷に目をやりながら言った。

それから、半刻（一時間）も経ったろうか。弐平が身を乗り出すようにして、田沼家の屋敷を見ながら、

「出てきやした！」

と、昂《たかぶ》った声で言った。

田沼が、羽織袴《はおりはかま》姿の武士をひとり連れて姿を見せた。武士は三十がらみだった。田沼家に仕《つか》える若党らしい。遣《つか》い手《て》なのだろう。田沼は、用心のために武士を連れて

きたにちがいない。

「通りに、出てきやすぜ」

そう言って、弐平がその場から出ようとした。

「焦《あせ》るな」

桑兵衛が、弐平の肩を摑《つか》んで押さえた。

田沼と若党らしき武士は通りに出ると、北に足をむけた。

「田沼たちは、繁乃屋に行くらしいぞ」

桑兵衛が言った。

すでに、桑兵衛たちは、繁乃屋のある場所を知っていた。通り沿いにある何軒かの店に立ち寄って繁乃屋のある場所を聞き、実際に行って店の名前を確認してあったのだ。

田沼たちの姿が、通りの先に遠ざかったとき、

「跡をつけるぞ」

と、桑兵衛が声をかけ、栄屋の脇から通りに出た。

桑兵衛たちは、田沼たちが振り返っても気付かれないように、すこし間をとって歩いた。先頭にたったのは、町人の弐平だった。弐平だったら、田沼が振り返って見て

も、尾行しているとは思わないはずだ。

田沼たちは下谷長者町二丁目に入り、いっとき歩いてから下谷大門町の二階建ての料理屋の前に足をとめた。その店が、繁乃屋である。

田沼たちは、繁乃屋の前で足をとめ、通りの左右に目をやってから暖簾《のれん》をくぐった。跡をつけてきた者がいないか確かめたのかもしれない。

桑兵衛、唐十郎、弥次郎、弐平の四人は、繁乃屋から半町ほど離れた路傍《ろぼう》に集まった。

「どうしやす」

弐平が訊いた。

「田沼が、店から出てくるのを待つしかないな」

桑兵衛はそう言った後、頭上に目をやり、

「それに、明るすぎる。仕掛けるのは、暗くなってからだ」

と、言い添えた。

「交替で、腹拵《はらごしら》えをしてきますか」

唐十郎は通りの先に目をやり、

「あそこに、一膳めし屋があります」

と言って指差した。繁乃屋から半町ほど先である。

「一膳めし屋で、腹拵えをしてこよう」

桑兵衛たちは交替で、腹拵えをしてくることになった。

3

唐十郎と弥次郎が、先に一膳めし屋にむかった。

桑兵衛と弐平が、繁乃屋を見張ることになり、ふたりは道沿いにあった八百屋《やおや》の脇に身を隠した。道端に立ったままだと、人目を引く。

唐十郎たちがその場を離れ、しばらくすると辺りが淡《あわ》い夕闇につつまれてきた。繁乃屋から灯が洩《も》れている。

「弐平、繁乃屋の様子を見てくるか」

と、桑兵衛が声をかけた。

「そうしやしょう」

弐平はすぐにその気になった。路傍に立っているのに、飽きたのだろう。

桑兵衛と弐平は通行人を装って、繁乃屋の前まで行ってみた。入口は、洒落《しゃれ》た格子《こうし》戸《ど》になっていた。

店のなかから、嬌声《きょうせい》や男の談笑の声などが聞こえてきた。すでに、何組もの客が入っているらしい。

「繁盛《はんじょう》しているようですぜ」

弐平が小声で言った。

「そうだな」

桑兵衛にも、繁盛している店のように見えた。

桑兵衛たちは繁乃屋の前を通り過ぎ、すこし歩いてから踵《きびす》を返した。そして、来た道を引き返し、さきほど繁乃屋を見張っていた路傍まで来て足をとめた。

「しばらく、出てきそうもないな」

桑兵衛が、あらためて繁乃屋に目をやって言った。

それからしばらくすると、辺りはだいぶ暗くなった。繁乃屋の二階の部屋の障子が、闇のなかに明るく浮き上がったように見える。

「旦那たちが、帰《けえ》ってきやした」

弐平が、通りの先を指差して言った。

見ると、淡い夜陰《やいん》のなかを唐十郎と弥次郎が足早に歩いてくる。

「待たせてしまったようですね」

唐十郎が、桑兵衛に目をやって言った。

つづいて、桑兵衛たちのそばにきた弥次郎が、

「それがしたちが、繁乃屋を見張ります」

と、照れたような顔をして言った。

唐十郎と弥次郎は、桑兵衛たちと同じ八百屋の脇に身を隠して、繁乃屋に目をやった。

桑兵衛と弐平が、その場を離れて四半刻（三十分）も経ったろうか。通りの先に、桑兵衛たちふたりの姿が見えた。ふたりは遅れないように、夕飯を簡単に済ましてもどってきたらしい。

桑兵衛と弐平が、その場にもどって間もなく、繁乃屋の店先に目をやっていた弐平が身を乗り出すようにして、

「誰か出てきやす！」

と、昂った声で言った。

店の格子戸の向こうで男と女の声がし、格子戸があいた。

姿を見せたのは、年増《としま》とふたりの武士だった。ふたりの武士は、田沼と若党であ

る。田沼は、帰りも若党に身辺を守らせるために、一緒に店を出たようだ。年増は、繁乃屋の女将であろう。

三人は戸口から外に出てくると、

「また、来てくださいね」

女将が、ふたりに声をかけた。

桑兵衛たちのいる場から遠くないので、店先のやりとりがよく聞こえる。

「ここは、店から近過ぎる。すこし離れよう」

桑兵衛が言った。

店の近くで斬り合いになれば、店のなかにいる女将や奉公人たち、それに大勢の客の目にとまるだろう。店から何人も飛び出してきて大騒ぎになる。仇討《あだう》ちどころではなくなるはずだ。

桑兵衛たちはすぐに店先から離れ、路傍の暗がりに身を隠した。田沼たちの帰り道は分かっているので、場所を変えても見逃すことはない。

田沼は女将に身を寄せて、何やら話しかけた。卑猥《ひわい》なことでも口にしたのか、「嫌ですよ、この人」という女将の声が聞こえ、すぐに笑い声に変わった。夜陰につつまれ、ひっそりしているせいか、人声が離れた場所でも聞き取れた。

「また、来るよ」

　田沼がそう言い、若党とふたりで店先から離れた。女将はふたりの後ろ姿に目をやっていたが、いっときすると踵を返して店に入った。

　田沼と若党は、何やら話しながら夜陰のなかを歩いてくる。

　桑兵衛たちは、暗がりに身を隠したまま田沼と若党に目をやっていた。頭上の月と通り沿いの店から洩れる灯で、ふたりの姿が浮かび上がり、見失うようなことはなかった。

　ふたりが近付いたとき、桑兵衛たちが通りに飛び出した。桑兵衛と唐十郎がふたりの前に、弥次郎と弐平は背後にまわり込んだ。弐平だけは、田沼たちから間を大きくとっている。

　田沼はギョッとしたように立ち竦（すく）んだが、

「狩谷道場の者たちか！」

と、声高に叫んだ。

　若党は田沼の脇に立ち、刀の柄（つか）に右手を添えている。

「いかにも」

　桑兵衛が、田沼を見据（みす）えて言った。双眸（そうぼう）が闇のなかで青白くひかっている。

この間に、唐十郎は若党の前に立った。若党は、唐十郎を睨むように見据えている。顔に、怯《おび》えの色はなかった。

若党は左手で刀の鯉口《こいぐち》を切り、右手を柄に添えた。抜刀体勢をとったのである。

田沼の背後にまわった弥次郎は、刀を抜いて切っ先を田沼の背に向けたが、若党にも目をやっている。弥次郎は桑兵衛と唐十郎の戦いの様子を見て、助太刀《すけだち》に入るつもりなのだ。

「娘と小僧は、どうした」

田沼が訊いた。

「ふたりは西宮を討ち、見事、父親の敵討ちを果たした」

桑兵衛が言った。

「おぬしらは、なぜ、おれを狙う」

さらに、田沼が訊いた。

「背後で西宮を操っていたおぬしを斬らねば、始末がつかぬからだ」

そう言って、桑兵衛は居合の抜刀体勢をとった。

4

「ま、待て！」

田沼が、声をつまらせて言った。

「なんだ」

桑兵衛は、居合の抜刀体勢をとったまま訊いた。

「か、金なら、払う」

田沼が、後じさりながら言った。

「金など、いらぬ」

桑兵衛は、刀の柄に添えた右手を離さなかった。

「おぬしらは西宮を斬って、仇討ちは終わったはずだぞ」

田沼が言った。

「まだ、終わっておらぬ。黒幕が残っているからな。……黒幕のおぬしを始末するのが、おれたちの仇討ちだ」

「おのれ！」

田沼は、刀の柄に右手を添えた。だが、すぐに抜刀しなかった。目をつり上げ、身を顫《ふる》わせている。

田沼は、桑兵衛たちを相手にして勝ち目はないとみたようだ。

「抜け！　田沼」

桑兵衛が、語気を強くして言った。

桑兵衛は闇討ちのように、素手《すで》の田沼を斬る気はなかった。剣の勝負として、田沼を斬りたかったのだ。

そのとき、唐十郎と対峙《たいじ》していた若党が桑兵衛に体をむけ、

「田沼さま、お逃げくだされ！」

叫びざま、切っ先を桑兵衛にむけた。

すると、田沼は刀を抜き、若党に身を寄せて敵のいない左手にまわった。そして、走りだそうとした。

これを目にした唐十郎が、

「逃《のが》さぬ！」

と叫びざま、いきなり仕掛けた。

イヤアッ！

唐十郎は鋭い気合と同時に、踏み込みざま斬りつけた。

袈裟《けさ》へ――。夜陰のなかに、青白い閃光《せんこう》が稲妻のようにはしった。迅《はや》い。居合の一瞬の抜き打ちである。

次の瞬間、田沼の肩から背にかけて羽織が裂けた。そして、夜陰のなかに血飛沫《ちしぶき》が散った。

田沼は呻《うめ》き声を上げてよろめいたが、すぐに倒れなかった。田沼は足を踏ん張って、立っている。

これを見た若党は、

「おのれ!」

叫びざま、対峙していた桑兵衛に斬りつけた。

青眼《せいがん》から、真《ま》っ向《こう》へ――。

鋭い斬撃《ざんげき》だったが、桑兵衛は一歩身を退いて切っ先を躱《かわ》して抜き付けた。居合の神速の斬撃である。

刀身の鞘走《さやばし》る音とともに、閃光が稲妻のように袈裟にはしった。小宮山流居合の稲妻と呼ばれる技だった。

若党の肩から胸にかけて、ザクリと裂け、血が噴《ふ》いた。傷が深い。若党は血を撒《ま》きながらよろめいた。足がとまると、刀を構えようとしたが、切っ先を上げることもできず、腰からくずれるように倒れた。

若党は地面に俯《うつぶ》せになった。なおも這《は》って、その場から逃れようとしたが、すぐに力尽きて、ぐったりとなった。若党の傷口から流れ出た血で、地面が夜陰のなかで赭黒《あかぐろ》く染まっていく。

これを見た田沼は、血塗《ちまみ》れになったままその場から逃げようとした。だが、二、三歩よろめきながら歩くと、足がとまり、腰からくずれるように倒れた。

俯せに倒れた田沼は、なおも地面を這ってその場から逃げようとしたが、すぐにぐったりとなった。

田沼は地面に腹這いになったまま四肢《しし》を動かしていたが、いっときすると息の音が聞こえなくなった。

「死んだ」

桑兵衛が、つぶやいた。

「ざまァねえや」

弐平が、地面に横たわっている田沼に目をやって言った。

「このふたり、どうします」

弥次郎が訊いた。

「このままにしておけないな。明日になれば、田沼家の者の耳に入り、遺体を引き取りにくるだろうが……」

「人通りのない場に、引き込んでおきますか」

唐十郎が言った。

「それしかないな」

桑兵衛が、その場にいた弐平と弥次郎に「手を貸してくれ」と声をかけた。

唐十郎たち四人は、田沼と若党の死体を人通りの邪魔にならないように、路傍に運んだ。

その場からすこし離れた路傍に、いくつもの人影が立っていた。通りすがりの者たちらしい。唐十郎たちに目をやっている。

「道場に、帰ろう」

桑兵衛が、唐十郎たちに声をかけた。

唐十郎たち四人は、夜陰のなかを狩谷道場のある神田松永町にむかって歩いていく。

5

「唐十郎、まず、入身迅雷《いりみじんらい》からだ」

　桑兵衛が唐十郎に声をかけた。

　そこは、狩谷道場の中だった。唐十郎、桑兵衛、弥次郎の三人が、居合の稽古をしていたのだ。

「はい！」

　唐十郎は、前に立っている弥次郎に体をむけると、刀の柄に右手を添え、腰を沈めて居合の抜刀体勢をとった。

「いくぞ！」

　唐十郎は弥次郎に声をかけ、素早い寄り身で弥次郎に迫った。そして、居合の抜刀の間合に入ると、タアッ！　と鋭い気合を発して、斬りつけた。

　刀身の鞘走る音とともに閃光がはしり、切っ先が弥次郎の胸元をかすめて空《くう》を切った。唐十郎は、弥次郎を傷つけないように間広く残したまま、斬りつけたのだ。

「いい動きだ」

桑兵衛が唐十郎に声をかけ、

「次は、本間だ」

と、弥次郎に目をむけて言った。

「はい！」

と応《こた》え、弥次郎が唐十郎を前にして立った。

そして、弥次郎は腰を沈めて居合の抜刀体勢をとると、素早い寄り身で唐十郎に身を寄せ、鋭い気合を発して抜刀しざま斬りつけた。

切っ先は、先程と同様、唐十郎の胸元をかすめた。

「本間、入身迅雷が身についたな」

桑兵衛が、満足そうな顔をして言った。

「まだまだです」

弥次郎は、そう言って身を退いた。

そのとき、道場の表戸をあける音がし、

「狩谷さま、おられますか」

と、聞き覚えのある女の声がした。ゆいである。

「ゆいか。入ってくれ」

桑兵衛が、戸口にむかって声をかけた。

すると、道場の土間から板間に上がる何人かの足音がし、板戸があいた。姿を見せたのは、ゆい、小太郎、松村、小島の四人である。

ゆいは、稽古のために通っていたときと違う花柄の小袖を着ていた。帯も若い娘らしい華やいだ感じのする紅色《べにいろ》と紺青色《こんじょういろ》の縞《しま》模様である。

「御邪魔では、ないですか」

ゆいが訊いた。桑兵衛たち三人の姿を見て、居合の稽古中と分かったからだろう。

「いや、稽古を終わりにしようと思っていたところだ」

桑兵衛はそう言って、道場のなかほどに腰を下ろした。一緒にいた唐十郎と弥次郎も、桑兵衛の脇に座した。

ゆいたち四人は、桑兵衛たち三人からすこし間をとって座すと、

「狩谷さまたちが、腰物奉行の田沼を討ち取ったことを耳にし、改めてお礼にうかがったのです」

ゆいが言った。

「われらも、腰物奉行の田沼がこのまま奉行にとどまり、思いのまま仕事をつづけているのを見て胸が晴れませんでした」

松村が言うと、ゆいたち三人がうなずいた。

「おれたちも、同じ思いだった。それで、田沼が町奉行所に御試御用のために出かける日を狙って、下谷の長者町に出向いたのだ」

桑兵衛はそう言った後、田沼家の屋敷近くの料理屋に出かけた田沼を狙い、唐十郎たちと一緒に田沼を討ち取ったことを話し、

「平松家に嫌疑《けんぎ》がかからないように、道場の者たちだけで討ち取ったから、案ずることはないぞ」

と、言い添えた。

「狩谷さまたちに、何とお礼を言えばいいか……」

ゆいが涙声で言うと、

「この御恩は、終生忘れません」

小太郎が声高に言い、額《ひたい》が道場の床につくほど頭を下げた。

すると、ゆい、松村、小島の三人も、両手を道場の床について、深々と頭を下げた。

「おい、すこし、大袈裟《おおげさ》だぞ。……おれたちは、この道場に刃《やいば》をむけた者たちを道場破りとみて、討ち取っただけだ」

桑兵衛が、苦笑いを浮かべて言った。

それから、桑兵衛、唐十郎、弥次郎の三人で、田沼を討ち取ったときの様子を話した。

「実は、桑兵衛たち三人の話が終わったとき、狩谷さまにお願いがあって、参りました」

と、松村が声をあらためて言った。

「願いとは」

桑兵衛が、松村に目をやって訊いた。

「われら四人、狩谷道場に入門の許しを得るために来たのです」

そう言って松村が頭を下げると、ゆい、小太郎、小島の三人が、両手を床について深々と頭を下げた。

「ゆいと小太郎も、入門する気なのか」

桑兵衛が、驚いたような顔をして訊いた。

「そのつもりで、来ました」

ゆいが言うと、

「入門させてください！」

小太郎が、深く頭を下げたまま声を上げた。

「ま、待て……」

桑兵衛は胸の内で、ゆいは女だし、小太郎は若過ぎる、と思った。

「前にも、それらしいことを話したが、居合はな、すこし体がしっかりしてから稽古した方が身につくのだ。体がある程度大きくならないと、真剣を抜くこともできないからな」

桑兵衛が言うと、ゆいと小太郎はうなずいたが、ひどく気落ちしたような顔をしている。

「どうだ。ゆいと小太郎はここにいる松村どのと小島どのに、屋敷内で剣術を習ったら。……それで、何年か経って剣術が身についたら、また道場に来てくれ」

桑兵衛が言うと、ゆいと小太郎が、うなずいた。松村と小島は、戸惑うような顔をしている。

「剣術も居合も、それほど変わりないのだ」

桑兵衛が、道場内にいる六人に目をやって言った。六人の顔には、安堵《あんど》とそれぞれ剣の道に励もうとする意気込みがあった。

一〇〇字書評

切・り・取・り・線

購買動機（新聞、雑誌名を記入するか、あるいは○をつけてください）

□（　　　　　　　　　　　　）の広告を見て	
□（　　　　　　　　　　　　）の書評を見て	
□ 知人のすすめで	□ タイトルに惹かれて
□ カバーが良かったから	□ 内容が面白そうだから
□ 好きな作家だから	□ 好きな分野の本だから

・最近、最も感銘を受けた作品名をお書き下さい

・あなたのお好きな作家名をお書き下さい

・その他、ご要望がありましたらお書き下さい

住所	〒				
氏名		職業		年齢	
Eメール	※携帯には配信できません	新刊情報等のメール配信を 希望する・しない			

この本の感想を、編集部までお寄せいただけたらありがたく存じます。今後の企画の参考にさせていただきます。Eメールでも結構です。

いただいた「一〇〇字書評」は、新聞・雑誌等に紹介させていただくことがあります。その場合はお礼として特製図書カードを差し上げます。

前ページの原稿用紙に書評をお書きの上、切り取り、左記までお送り下さい。宛先の住所は不要です。

なお、ご記入いただいたお名前、ご住所等は、書評紹介の事前了解、謝礼のお届けのためだけに利用し、そのほかの目的のために利用することはありません。

〒一〇一‐八七〇一
祥伝社文庫編集長　坂口芳和
電話　〇三（三二六五）二〇八〇

祥伝社ホームページの「ブックレビュー」からも、書き込めます。
www.shodensha.co.jp/bookreview

祥伝社文庫

仇討双剣《あだうちそうけん》 介錯人《かいしやくにん》・父子斬日譚《ふしざんじつたん》

令和2年3月20日　初版第1刷発行

著　者　鳥羽亮《とばりよう》

発行者　辻　浩明

発行所　祥伝社《しようでんしや》

東京都千代田区神田神保町3-3
〒101-8701
電話　03（3265）2081（販売部）
電話　03（3265）2080（編集部）
電話　03（3265）3622（業務部）
www.shodensha.co.jp

印刷所　萩原印刷
製本所　ナショナル製本
カバーフォーマットデザイン　中原達治

本書の無断複写は著作権法上での例外を除き禁じられています。また、代行業者など購入者以外の第三者による電子データ化及び電子書籍化は、たとえ個人や家庭内での利用でも著作権法違反です。
造本には十分注意しておりますが、万一、落丁・乱丁などの不良品がありましたら、「業務部」あてにお送り下さい。送料小社負担にてお取り替えいたします。ただし、古書店で購入されたものについてはお取り替え出来ません。

Printed in Japan ©2020, Ryō Toba　ISBN978-4-396-34613-3 C0193

〈祥伝社文庫　今月の新刊〉

石持浅海
賛美せよ、と成功は言った
成功者となった仲間を祝う席で、恩師を殺させたのは誰？　美しき探偵・碓氷優佳が降臨。

内藤　了
スマイル・ハンター　憑依《ひょうい》作家　雨宮縁《あまみやえにし》
幸福な人々を奈落に堕とし、その表情を集める異常者——犯罪の迷宮を雨宮縁が崩す！

西村京太郎
北軽井沢に消えた女　嬬恋とキャベツと死体
キャベツ畑に女の首!?　名門リゾート地を騙る開発計画との関係は？　十津川警部が挑む。

山崎洋子
誰にでも、言えなかったことがある
両親の離婚に祖母の入水自殺……。江戸川乱歩賞作家が波乱の人生を綴ったエッセイ。

宮津大蔵
ヅカメン！　お父ちゃんたちの宝塚
池田理代子先生も感動！　夢と希望の宝塚歌劇団を支える男たちを描いた、汗と涙の物語。

鳥羽　亮
仇討双剣《あだうちそうけん》　介錯人・父子斬日譚
殺された父のため——仇討ちを望む幼き旗本の姉弟に、貧乏道場の父子が助太刀す！

野口　卓
木鶏《もっけい》　新・軍鶏《しゃも》侍
齢十四、元服の時。遠く霞む父の背を追い、道場の頂点を目指して、剣友と鎬を削る。